이상범 희곡집 3

이상범 희곡집 3

평민사

차례

생각하는 사람

〈등장인물〉
생각하는 사람

〈때〉
지금

〈장소〉
여기

막이 오르면
생각하는 사람
큰 돌을 깔고 앉아
심각한 표정으로 생각에 잠겨 있다
몇 분, 아니 몇 시간이 지났을까
관객들, 생각에 지쳐 하나둘 자리를 뜰 때
생각하던 사람
객석을 떠나는 관객들을 향해 열광적인 박수를 보낸다
텅 빈 객석을 향해
생각하는 사람, 정중히 인사할 때
서서히 막 내린다

– 막 –

착란

錯亂

등장인물
나
역사歷史

때
현재

장소
'나'의 서재

'나'의 서재다. 꽤 많은 서적들이 정리되어 있다. 책 제목으로 보아 역사, 정치, 경제, 사회, 예술, 교양 등 다양한 분야를 섭렵하고 있음을 엿볼 수 있다. 책꽂이를 배경으로 넓은 책상 하나가 자리하고 있다. 책상 한 쪽으로 컴퓨터가 놓여 있다. 다른 한 쪽에는 작업을 마친 원고지가 꽤 높은 높이로 정리되어 있다.

책상에는 '나'가 앉아 집필 작업에 한창이다. 컴퓨터를 버려두고 원고지에 한 문장 한 문장 적어나간다. 아니. 적어나간다는 표현이 부적절할 정도로 적확한 단어 하나를 결정하지 못해 난감해하며 파지를 양산하는 중이다. 자세히 보면 서재는 이미 파지로 그득하다. 구조적 깔끔함에 비해 상태는 매우 어수선하다. '나'의 머릿속이 훤히 드려다 보이는 듯하다. '나', 답답함을 참지 못해 글쓰기를 멈추고 일어선다.

역사 앉아!

'역사'의 목소리는 들리는데 모습은 찾아볼 수 없다.

역사 앉아! 어서 앉으라고.

'나'는 다시 책상에 앉아 집필을 시작한다. 그러나 막막하다. 좀처럼 단어가 떠오르지 않는지 펜을 내려놓고 다시 일어선다.

역사 잡아. 잡아. 목적지 코앞에 두고 왜 이래. 마침표 찍기 일보 직전이라고.

'나', 옆에 쌓아놓은 집필 원고를 읽는다. 그중 한 장을 뜯어낸다. 다시 읽어보더니 이내 구겨 던져버린다. 또 다시 몇 장을 그렇게 구겨 던져버린다. 비로소 '역사'가 정체를 드러낸다.

역사	그러게 맡기자고 했잖아. 아직 늦지 않았어. 이 원고 이 상태로 넘기면 며칠 안에 멋진 작품 나올 걸.
나	또 작품이란다.
역사	작품이 아니면?
나	그러게. 쓰다 보니 창작이네.
역사	선택해. 원고 마감기일 벌써 넘겼어. 오늘 중 끝내야 돼. 일정 차질 생기면 큰 그림이고 뭐고 다 헛꿈 되는 거고.
나	늘 쓰던 칼럼이나 에세이와는 너무 달라. 글이 무서워. 날 너무 괴롭혀. 자서전이란 게 이런 건가.
역사	차라리 참회록이 낫지.
나	같은 건 줄 알았는데. 그게 그거다 생각했는데.
역사	참회록에서 진짜 참회를 드러낸 것이 자서전이지. 달라도 너무 다르지.
나	참회록 같은 자서전은 불가한가.
역사	증명을 해 보이던가.
나	그러려고, 그래보려고 하는데.
역사	자서전을 왜 본인이 못 쓰고 남에게 맡기는 줄 알겠지. 글

쓰는 능력 때문만이 아냐. 양심의 가책 때문에. 왜곡, 조작으로부터 자유롭지 못하기 때문에. 기름칠이 필요해서. 향수 팍팍 뿌려줘야 해서. 대필 작가는 요리 값 받는 거야. 조미료 값.

나　돈 주고 자기 기만하는 거네. 마약이네.

역사　마약의 효과는?

나　중독.

역사　중독의 결과는?

나　착란? 자기파멸?

역사　지금 너는?

나　문장이 춤을 춰. 의미를 파악할 수가 없어. 이건가 싶다가 저건가 싶다가. 이 뜻인가 저 뜻이고, 저 뜻인가 이 뜻이고, 이도저도 아무 뜻도 아니고. 내 믿음을 배신해. 내 생각을 비웃어. 내 목을 휘감아. 숨을 조여 와.

역사　내 기록을 부정해. 내 손길을 거부해.

나　단어가 생경해. 말이 꼬여. 글이 안 돼.

역사　여기까지. 여기서 마무리.

나　사실, 자서전 따윈 이미 포기했어. 정치 따윈 벌써 지워버렸어.

역사　잘 했어. 정신 차려서 다행이야.

나　자서전 말고 참회록.

역사　지금 상태로는 불가. 자서전 자세로 참회록에 올라타는 건 정신분열을 향해 질주하겠다는 거야.

나	이겨 내야지. 해내야지.
역사	왜? 뭐 하러?
나	자서전 쓰려던 사람이니까. 내가 누구인지 정말 궁금하니까.
역사	이러다 자서전이 유서 돼.
나	그러라지.
역사	정말 준비 된 거야? 자신 있어? 싸워 볼래?
나	그것 말고 다른 길 있나.
역사	난 무섭다.
나	글을 못 쓰겠다니까. 글이 안 써진다니까. 이것보다 무서운 게 어디 있어. 글을 쓰고 싶다니까. 써야겠다니까. 온전한 사람이 되어야겠다니까. 내가 누구인지 알아야겠다니까.
역사	그러던지. 지옥문을 열던지. 자살을 하던지.

'나'는 집필 원고지를 뒤진다. 이미 구겨 던져버린 원고들도 펼쳐 읽는다. '역사' 또한 원고지를 들고 글을 써내려가다가 뜯어 구겨버리기를 반복한다. '나'의 집필 원고를 들춰가며 읽어간다.

역사	여기 이 물음표. 빈 칸.
나	아, 거기. 자살.
역사	살인.
나	미숙.
역사	미수?
나	미숙으로 인한 자살 방조.

역사	미숙?
나	행복.
역사	나의 행복으로 인한 간접 살인.
나	간접 빼고. 살인.
역사	정거장.
나	고등학교 1학년.
역사	등교 시간.
나	7시.
역사	8시.
나	8시. 친구들보다 한 시간 늦은 8시 버스를 기다리는 정거장.
역사	등교 시간을 피해 늦게 나왔던 친구가.
나	나를 만나러.
역사	아니. 나를 피해서.
나	한 집 걸러 옆집에 사는 아주 가까운 내 친구가 지게를 지고 정거장에.
역사	"너는 교복 입고 책가방 들고 공부하러 학교 가는데."
나	"나는 지게 지고 나무하러 산에 간다."
역사	그리고 또 무슨 이야기가 더 있었더라.
나	더 있었던가. 없었던 거 같아.
역사	있었을지도.
나	기억 못하는 거는 없는 거.
역사	기억 못하니까 없었던 거. 있었을지도 모르지만.
나	모르는 거는 없는 거.

역사	그날 오후.
나	하교 길에. 동네 형이.
역사	"네 친구 죽었다. 자살했다."
나	아침에.
역사	자살했다.
나	지게 지고.
역사	자살했다.
나	나무하러.
역사	자살했다.
나	산에 간.
역사	자살했다.
나	걔가?
역사	자살했다.
나	왜?
역사	네가 죽였잖아.
나	내가?
역사	죽였잖아.
나	언제?
역사	일주일 전에.
나	일주일… 그날.
역사	나랑 얘기 좀 할래.
나	그날. 걔네 마당에서. 아주 긴 시간.
역사	나….

나	와! 볕 좋다.
역사	나….
나	우리 얼마만이야. 너랑 이렇게 대화 나누니 참 좋다!
역사	나….
나	너랑 이렇게 깊은 대화를 나눌 수 있다니 우리 많이 성숙 해진 것 같아!
역사	나….
나	멋진 날이다, 오늘!
역사	나….
나	멋지다, 내 인생!
역사	나….
나	의젓해! 뿌듯해! 만족스러워!
역사	나….
나	내 생애 최고의 날.
역사	내 말 들었어?
나	응. 응?
역사	내 말 들었어?
나	그럼. 그럼. 다 들었어.
역사	네 생각은 어때? 뭐야?
나	무슨 생각?
역사	내 얘기. 내가 물어본 거.
나	그거? 그게… 그게 그러니까.
역사	이 물음표. 이 빈 칸.

나	하얘.
역사	어쩜 한 마디도 기억하지 못할 수 있지.
나	전혀. 백지. 놀랍다 싶을 정도로 긴 시간이었는데.
역사	이렇게 텅 빈 채로.
나	너는 교복 입고 가방 들고 공부하러 학교 가는데.
역사	나는 지게 지고 나무 하러 산에 간다.
나	그 긴 이야기 끝에.
역사	마지막 구조 신호였는데.
나	앞에 말을 기억하지 못해….
역사	마지막 말의 의미를 깨닫지 못했어.
나	앞의 말을 듣지 않아….
역사	뒤의 말을 해석하지 못했어.
나	사십여 년을 내내 빈 칸을 채울 말을 찾고 있는데.
역사	행복하니?
나	난 무척 행복해!
역사	살려줘.
나	난 정말 행복해!
역사	너는 교복 입고.
나	그건 일주일 후.
역사	가방 들고.
나	그건 일주일 후.
역사	공부하러 학교 가는데.
나	뭐라고 대답했더라.

역사	활짝 웃었나?
나	걔도 웃었나?
역사	그렇게 죽였나?
나	제 행복에 겨워.
역사	친구의 비명을 외면했으니.
나	자살방조.
역사	살인.
나	살인?
역사	살인.
나	공소시효.
역사	없음.
나	내 귀를 찢어버리고 싶어. 내 머리를 부숴버리고 싶어. 내 뇌를 긁어내고 싶어. 내 입을 꿰매버리고 싶어.
역사	그래야지. 당연하지. 공소시효 없음. 평생 찾아 봐. 평생 더듬어 봐. 평생 귀 기울여 봐. 죽기 전까지 꼭 기억해 내도록. 꼭 듣도록. 그렇지 않고는 자서전커녕 참회록도 불가.

'나'는 '나'대로, '역사'는 '역사'대로 새로운 원고를 쓰고, 집필 원고를 뒤진다. 정작 이들의 집필 작업은 원고지 폐지 만들기 작업에 다름없다.

나	여기.
역사	어디?

나	여기.
역사	거기?
나	아니. 여기.
역사	그러니까, 거기.
나	그래. 좋아. 거기.
역사	아니, 여기.
나	거기.
역사	여기.
나	그럼 거기로 해.
역사	여기를 왜 거기로 해. 여기는 여기, 거기는 거기.
나	그럼 여기로 하던가.
역사	거기를 왜 여기로 해. 거기는 거기, 여기는 여기.
나	여기나 거기나.
역사	여기 다르고, 거기 다르고.

'나'는 원고지를 내려놓고 일정 거리를 확보한다.

나	그럼, 저기.
역사	어디?
나	저기.
역사	거기?
나	아니, 저기.
역사	그러니까, 거기.

나	왜 또 저기가 거기야.
역사	입장이 다르니까.
나	무슨 입장?
역사	내가 선 자리. 네가 앉은 자리. 너는 거기, 나는 여기.
나	네가 나고 내가 넌데, 여기 거기가 어디 있어.
역사	너와 네가 정말 같아? 정말 하나야? 정말 그렇게 생각해? 그렇게 믿어?
나	아냐?
역사	아냐.
나	아냐?
역사	넌 나의 너. 난 너의 나. 날 지켜보는 너는 나의 너.
나	너에게 질문하는 나는 너의 나?
역사	나의 너와 너의 나.
나	너와 나야 다르지만. 나는 넌데. 너는 난데.
역사	네가 내 쪽에 있으면 너. 내가 네 쪽에 있으면 나.
나	네 쪽은 어디고, 내 쪽은 어디야?
역사	여전히 그걸 헷갈리려하네.
나	모르겠고. 여기.
역사	거기.
나	내가 너와… 너와? 나와… 나와? 어쨌든. 우리가… 우리? 내가… 나와… 너와 다투던 여기. 아, 씨팔!
역사	그래, 거기.
나	동해.

역사   서해.

나   동해.

역사   서해.

나   좋아. 서해.

역사   아니. 동해.

나   서해.

역사   동해.

나   좋아. 다시 동해.

역사   아니. 거긴 서해.

나   여긴 동해.

역사   그래. 거긴 서해.

나   동해물과 백두산이 마르고 닳도록 해 뜨는 동해.

역사   서해물과 후지산이 마르고 닳도록 해 지는 서해.

나   서쪽에 있는 바다가 서해.

역사   동쪽에 있어서 동해.

나   도대체 너의 서는.

역사   너의 동.

나   같은 바다?

역사   하나의 바다.

나   동이든 서든 하나만.

역사   동이기도 하고 서이기도 하고. 동일 수도 있고 서일 수도
         있고.

나   동해물과 백두산이 마르고 닳도록.

역사　　서.

나　　　동.

역사　　서.

나　　　싸워보자는 거지?

역사　　동서가 힘으로 바뀌니. 자연의 이치를 힘으로 바꾸게? 이
　　　　　길 힘은 있고? 이길 자신은 있고?

나　　　본래.

역사　　본래? 언제?

나　　　일본해? 자존심 상하게.

역사　　쓸데없이.

나　　　기분 나쁘게.

역사　　동해? 방향치냐?

나　　　매국노.

역사　　동쪽을 서쪽에서 보면 동쪽일 수밖에. 서쪽을 동쪽에서
　　　　　바라보면 서쪽일 수밖에.

나　　　내가 서쪽이니까.

역사　　나는 동쪽이니까.

나　　　동쪽이 당연하지.

역사　　서쪽이 당연하지.

나　　　친일파.

역사　　친한파는 어쩌려고.

나　　　친한?

역사　　친일만 있을까.

나	어떤 놈들이 친한 질이야. 그래서 양보하자고? 손들자고?
역사	협상하자고. 조정하자고.
나	되도 않은 소리. 동해에 빠져 죽을 일 있어?
역사	사랑해.
나	뭐라고?
역사	사랑해.
나	난 이러는 네가 정말 밉다.
역사	사랑해로 협상하자고.
나	미워해.
역사	사랑해.
나	혐오해.
역사	사랑해.
나	증오해.
역사	사랑해.
나	저주해.
역사	사랑해.
나	그만해.
역사	사랑해.
나	에라, 멍멍이다.
역사	야옹!
나	멍멍!
역사	개는 야옹.
나	멍멍.

역사   고양이는 멍멍.

나   야옹.

역사   단순하기는.

나   무식하기는.

역사   가면 쓴 거 안 보여?

나   개가?

역사   고양이가.

나   고양이가?

역사   개가.

나   모두?

역사   아니.

나   그럼, 누가?

역사   개가.

나   고양이 가면을?

역사   고양이가.

나   개 가면을.

역사   아니. 개 가면을 고양이가.

나   고양이 가면을 개가.

역사   그렇지.

나   그렇지 라니?

역사   다른 거 모르겠어?

나   뭐가?

역사   개 가면을 고양이가 썼어.

나	고양이가 개 가면을 썼지.
역사	다르잖아.
나	뭐가? 어디가?
역사	개 가면을 쓴 고양이는 놀고 있고.
나	고양이가 개 가면을 쓰고.
역사	속이고 있고.
나	뭐라는 거야.
역사	개는 좋고, 고양이는 밉고.
나	말도 안 되는 소리.
역사	네가 좋아하는 개로 시작하면 좋은 거고, 네가 싫어하는 고양이로 시작하면 싫은 거고.
나	내가?
역사	응, 네가.
나	에라, 멍멍이다.
역사	야옹!
나	멍멍!
역사	너는 멍멍이잖아. 멍멍하잖아.
나	야옹!
역사	가면 썼네.
나	어딜 봐서?
역사	네 몸을 보면 알지. 이 건 고양이가 아니라 개. 고양이는 이게 고양이.
나	에라이, 멍야멍야다.

역사	야멍야멍!
나	미친!
역사	그러게. 내가 미쳤는데 너는 멀쩡할까.
나	미치겠다!
역사	너 이미 미쳤어.
나	미친 걸 인정할 수 있는 한 아직 건강해.
역사	미친놈이 무서운 건 자기가 미친 줄 모르기 때문이야.
나	난 내가 미친 걸 잘 안다니까. 그래서 나는 안 미쳤다니까.
역사	미친놈들이 안 미쳤다고 우긴다니까.
나	내가 미쳤으면 네가 존재하겠니.
역사	내가 미쳐서 네가 미친 거야.
나	너 안 미쳤네.
역사	들켰나.
나	내가 매번 너에게 당할까봐. 사람이 그렇게 쉽게 미치는 줄 알아. 겁주지 마. 아직 거기까진 아냐.
역사	제법이다. 하지만 명심해. 지금 미칠 지경인 건 확실해. 선 넘어가면 안 돼. 위험해.
나	멍멍!
역사	울어?
나	웃는 거야.
역사	우네.
나	웃는 거라니까.
역사	멍멍! 이게 웃는 거지.

나	멍멍! 이게 웃는 거고. 멍멍! 이게 우는 거고.
역사	보통은 멍멍! 이렇게 웃어.
나	그건 우는 거고.
역사	네가 내 속을 어떻게 아니.
나	네가 내 속을 어떻게 알아.
역사	우는 게 뭔지.
나	웃는 게 뭔지.
역사	네가 알아?
나	제대로 웃어나 봤어?
역사	제대로 울어나 봤어?
나	네 웃음은 웃음이 아냐.
역사	네 울음은 울음이 아냐.
나	내가 웃는 게 웃는 게 아냐.
역사	내가 우는 게 우는 게 아냐.
나	웃는 사람과 함께 울어줘.
역사	우는 사람과 함께 웃어줘.
나	웃는 게 우는 거니까.
역사	우는 게 웃는 거니까.
나	그러니 웃자.
역사	그러니 울자.
나	흑흑흑!
역사	하하하!

웃다가 울다가, 웃으며 울며 문장을 찾는다. 단어를 찾는다. 기억을 더듬는다. 파지를 양산한다.

나	그만해. 그만 웃으라고.
역사	네 꼴을 보고 안 웃을 수 있어야지.
나	뭐가 그렇게 웃겨?
역사	웃지 않으려는 거. 웃음을 지우고 울기만 하려는 거.
나	그게 왜?
역사	좋아서. 웃음이 나와서.
나	내 울음이.
역사	내 웃음이야.
나	내 아픔이.
역사	내 기쁨이지.
나	내 상처가.
역사	내 상처를 치유해.
나	계속 아프라고? 계속 울라고?
역사	건강하다는 증거. 치유 가능하다는 신호.
나	힘들어. 죽을 만큼 고통스러워. 불행해.
역사	웃음의 힘이야.
나	울라며? 계속 울어야 한다며?
역사	네가 울어야 내가 웃을 수 있으니까. 네 우는 꼴 보며 깔깔 웃을 수 있으니까. 그게 웃음의 힘이야.
나	웃음의 힘은 울음의 힘이네.

역사	그러니까, 울어.
나	그래 마음껏 웃어.
역사	하하하!
나	흑흑흑!
역사	온 세상 울음바다로 만들어.
나	동해.
역사	서해.
나	내가 우는 게 우는 게 아냐. 흑흑흑! 하하하! 흑흑흑!
역사	(동시에) 하하하! 흑흑흑! 하하하!

둘은 울며 웃으며 파지를 양산해 간다.

나	오호! 이거. 찾은 거 같아.
역사	드디어 찾았어?
나	찾은 거 같아.
역사	찾았어?
나	그런 거 같아.
역사	그거야?
나	그거 같아.
역사	같은 거야, 그거야?
나	그거 같아.
역사	그거하고 같은 게 같아?
나	그게 무슨 말이야?

역사	그거하고 같은 게 같으냐고?
나	뭐라는 건지.
역사	다르다고.
나	틀려?
역사	다르다고.
나	그러게 틀리냐고?
역사	달라. 달라. 다르다고.
나	뭐가 달라?
역사	같아하고 그거.
나	그게 틀려?
역사	다르다고.
나	어디가 틀려?
역사	어디가가 아니고 뭐가.
나	뭐가 틀려?
역사	다르다니까. 다르다고.
나	아, 틀린 거랑 다른 거랑 다르다고?
역사	그렇지.
나	음. 그런 거 같네.
역사	그런 거 같은 게 아니라 그렇다고.
나	그러게. 그런 거 같다니까.
역사	다른 거 모르겠어? 정말 모르겠어?
나	내 말이 달라?
역사	틀려. 틀렸다고.

나	그런가?
역사	그래.
나	그럼, 그런가 보네.
역사	그런가 보네? 이걸 확!
나	까탈스럽기는.
역사	틀리다와 다르다는 다른 거고, 다르다를 틀리다라고 말하는 건 틀린 거고. 내 생각은 '이다'고, 타인에 대한 이해와 평가는 '인 것 같다'고.
나	뭐가 틀려?
역사	이때는 틀려가 아니고 달라를 쓰는 거고.
나	네가 틀릴 수도 있지.
역사	다르다는 분별하는 거고, 틀리다는 평가하는 거고. 다르다는 포용적이고 틀리다는 배타적이고.
나	틀리고 다르고가 뭐 그리 중요하다고 그렇게 입에 거품을 물어.
역사	와! 승부욕 생기네.
나	겉치레 말고 내용으로 들어가.
역사	겉치레? 너 개가 좋아, 고양이가 좋아? 숭어가 좋아, 망둥이가 좋아?
나	엄마 아빠 다 좋아.
역사	오징어와 꼴뚜기는 달라, 틀려?
나	다르지.
역사	그렇지. 그렇잖아. 그거라고.

나	완전히 틀리지.
역사	왜 또 틀려?
나	틀리지, 어떻게 같아.
역사	같다의 반대말은?
나	틀리다.
역사	이건 무지가 아니라 폭력이야. 다른 걸 틀리다고 하는 건 이치를 부정하는 거야. 원리를 무시하는 거라고. 다른 걸 틀리다고 하는 건 막 우기는 거야. 싸우자는 거야. 힘의 우위로 눌러버리겠다는 거야. 씨팔! 돌빡아!
나	네 말은 내 생각과 틀려.
역사	달라.
나	틀려.
역사	난 틀리지 않았어. 다를 뿐이야.
나	넌 틀려. 틀렸어. 틀려먹었어.
역사	죽자. 같이 죽자. 더 이상 민폐 끼치기 전에 사라지자.
나	멍멍!
역사	야옹!
나	야옹!
역사	멍멍!
나	틀려.
역사	달라.
나	그런 거 같아.
역사	그런 거라고.

나	야옹!
역사	멍멍!

'역사'와 '나', 놀고 있다. '나'가 '역사'를 할퀴고, '역사'는 '나'를 문다. 이내 파지를 씹다가 뱉다가를 반복한다. 문장을 찾아다닌다. 글자를 찾아다닌다. 허기진 개와 고양이가 먹이를 찾듯이. 먹이를 두고 다투듯이.

나	보여?
역사	보여.
나	무용하네. 문장들이 날아 다녀.
역사	춤이야. 글자들이 날아 다녀.
나	문장인데. "뭉툭한 가위로 마무리 짓다."
역사	단어들이잖아. "뭉툭, 한가위, 로마, 무리 짓다."
나	그러네. 아직 문장을 이루지 못한 단어들이네.
역사	어떻게 잡지?
나	어떻게 엮지?
역사	그냥 춤추게 둬.
나	그럴까. 무용 감상이나 할까.
역사	춤이라니까.
나	누가 뭐래. 무용.
역사	춤.
나	무용.

역사   달라.

나   또 틀려?

역사   다르다고.

나   뭐가 틀려.

역사   지금 저게 무용. 역사를 배반한 검찰 총⋯장⋯질⋯ 법 가
지고 장난치는 법무부⋯ 장⋯ 개⋯ 새. 아니네. 문장이 될
듯 마네. 단어들이 다시 흩어지네. 무용하는 듯 춤추네.

나   문장이 형성되면?

역사   무용.

나   이야기가 있으면?

역사   무용.

나   단어들은?

역사   춤.

나   나로서 나면?

역사   춤.

나   나로서 너면?

역사   무용.

나   내가 흔들리면?

역사   춤.

나   내가 흔들면?

역사   무용. 흉내 내면?

나   무용.

역사   과장하면?

나	춤… 아니, 무용.
역사	미치면?
나	무용… 아니, 춤.
역사	미친척하면?
나	무용.
역사	몸짓에 충실하면?
나	무용… 춤인가.
역사	주장이 개입되면?
나	무용.
역사	의미를 따지면?
나	무용… 춤… 무용?
역사	무용이기도 하고, 춤이기 하고.
나	누가 따져?
역사	보는 이에게는 무용.
나	추는 이에게는 춤.
역사	여기 이렇게 떠다니는 문자들은.
나	춤을 추고 있는데.
역사	의미는 없어.
나	무용이 못 된 춤.
역사	소통 불가한 언어.
나	내용 없는 메시지.
역사	자서에 이르지 못한 참회.
나	참회에 이르지 못한 후회.

역사	춤출까?
나	무용해야 할 때야.
역사	이 문자들에게 제 자리를 찾아줘야 하는데.
나	줄이 엉망이야. 순서가 엉망이야. 자리가 엉망이야.
역사	제 단어들이 아냐. 적확한 단어들이 아냐.
나	내 글이 왜 이렇지? 내 머리는 왜 이렇지?
역사	누가 내 머리 속에 바이러스라도 심어놓았나. 누가 내 혈관에 마약이라도 주입한 건가. 누가 내 음식에 독이라도 갈아 넣었나.
나	누가? 왜? 어떻게?
역사	내가.
나	네가?
역사	네가.
나	내가 자초한.
역사	억울해?
나	당연하지.
역사	아무리 찾아봐도 없던데.
나	없으면 없는 거야.
역사	숨긴 거 있잖아. 깊숙이 묻어둔 거 있잖아.
나	그건 들추지 않기로 했잖아.
역사	누가? 언제?
나	그거 하나 정도는 눈 감자. 그거 하나만 눈 감자.
역사	참회는?

나	그렇게 잔혹한 건가, 참회라는 거. 그렇게 모진가.

'나'는 회피하려는 듯 글을 써 보려 한다. 그러나 글이 써질 리가 없다. 어떻게 해서든 '역사'의 추궁을 피해보려 한다. '역사'를 공격하면서까지.

나	너 죽자.
역사	그래, 쪽팔리니 죽자. 죽여라.
나	아, 이걸 어쩌니. 너를 어쩌니!
역사	왜 아니라고 안 했어?
나	안 했니? 못 했지.
역사	왜 못했는데?
나	했다고 해야 안 한 거로 해준다니까.
역사	안 한 게 한 게 돼야 안 한 게 된다고?
나	그러니 미치지.
역사	미치지 않으려면 버텼어야지.
나	피해가자고 네가 했다. 일단 살자고 네가 제안했다. 다들 그렇게 한다고.
역사	기억에 없어.
나	그놈의 기억은 잘도 있다 없다 하지. 네가 못하는 기억 내가 다 한다. 치사한 새끼야. 잊으려야 잊을 수가 없다. 뼈에 사무쳐서.
역사	내가 그랬다면 역사가 알려준 거겠지. 교훈.

나	그래서 그 가르침대로 했잖아.
역사	그런데 왜 당당하지 못해. 왜 묻으려 해.
나	지금 네가 괴롭히잖아. 공격하잖아.
역사	그러게 왜 그랬어?
나	죄 아니라며. 전과 아니라며.
역사	전과 아닌 전과. 죄 아닌 죄.
나	멋진 작품이라 떠들어들 댔지.
역사	주인공은 별로였어. 끝까지 버텼어야 걸작이지.
나	그 갈등을 못 읽어? 그 고뇌를 못 느껴?
역사	미안.
나	살고 싶었어. 살아야 했어.
역사	솔직히 나도 살고 싶었어.
나	짓지 않은 죄 지었다고 자백하면 짓지 않은 죄로 해주겠다나.
역사	나도 해석 불가한 말이었어. 어디에도 없는 문장.
나	전과 없는 전과자가 됐단 말이야. 납득이 돼?
역사	전혀.
나	그래서 안 쓰는 거야. 여전히 납득이 안 돼서 못 쓰는 거라고.
역사	그런데 왜 부끄러워 해?
나	그러게, 그게 왜 부끄럽냐고! 왜 내가 부끄러워해야 하냐고? 왜 나만 여전히 부끄럽냐고?
역사	인정했으니까.

나	그건 내 잘못이다?
역사	무릎 꿇었으니까.
나	내가 진 거다?
역사	그렇게 전과를 달았으니까.
나	전과 아니라며.
역사	아닌 게 아닌 거지. 아닌 전과도 전과로 인정했으니 전과인 거지.
나	좋아. 다 좋아. 그럼 내 전과는 아주 미미한 실수로 정리하자.
역사	가능하다면. 그렇게 할 수 있다면. 제발!
나	아, 씨팔! 인생 쪽팔려서 못 살겠다.
역사	적어. 기록해. 고백해. 참회해.

'나', 정색하고 써본다. 뜯어 구겨 던지고 다시 쓴다. 다시 쓰고, 다시 쓰고, 다시 써보지만 결국 구겨 던짐의 연속일 뿐이다.

나	부끄러워. 부끄러워. 부끄러워! 어떻게 좀 도려내 봐. 지워 봐.
역사	죽던가. 끌어안고 살던가.
나	죽자. 끝내자.
역사	잘 버텨와 놓고.
나	잘 버텨 왔는데. 아닌 척 하고 뭐 좀 해볼까 했는데. 하긴. 버틸 걸 버텼어야지. 버텨서는 안 될 것만 잘 버티고 살았네.
역사	전과를 훈장 삼는 전략은 어때?

나   치욕을 명예 삼으라고? 제정신이야?

'역사'는 자리를 피한다. 다시 집필 문서를 들춘다. 뭔가 눈에 걸린다.

역사   유레카! 엮자. 걸자.
나   아직도 희망이 남았어?
역사   여기, 이거. 개인적 참회 말고 신에게.
나   너에게 말고 신에게?
역사   너의 신에게.
나   나의 신… 은 넌데.
역사   무슨 헛소리야.
나   몰랐어? 내 말 상대는 너라는 거. 네가 내가 의지하고 기
        댈 수 있는 유일한 존재라는 거.
역사   정신 차려. 나 너야. 형편없는 너. 한갓 인간인 너.
나   그래. 반성하는 너. 고민하는 너. 노력하는 너. 조금이라도
        성장하는 너. 나에게 질문하는 너. 나에게 답하는 너. 나와
        함께 울어주는 너. 나와 함께 웃어주는 너. 아파하는 너.
        울부짖는 너. 네가 나의 하느님이야. 당신이 나의 참 신.
역사   그따위가 무슨 신이야. 나 따위가 무슨 하느님이야. 야, 너
        지금 너 자신을 신이라고 우기는 거야.
나   맞아. 그렇게 주장하는 거야. 아니, 그게 내 믿음이야. 이
        게 내 신앙의 정체야.

역사	벼락 맞을!
나	때릴 테면 때려 보든지.
역사	하늘에 계신.
나	그래서 안 돼. 내 곁에, 우리 사이에 내려오시기 전엔 내겐 아무 의미 없어.
역사	하느님 맙소사.
나	이러지 마세요, 하느님!
역사	아냐.
나	맞아요.
역사	오, 하느님!
나	오, 하느님!
역사	나를 용서하소서.
나	면죄부 미리 받아놓고 짓지 않아도 될 죄 마음껏 짓게 만들지 마옵소서.
역사	저들은 저들이 하는 일을 절대 모릅니다.
나	나는 내가 한 일을 절대 모른 체 한 적이 없습니다.
역사	전능하신 하느님!
나	무능하기에 최선을 다하는 나의 하느님!
역사	사랑의 하느님!
나	당신이 처량하기는 하옵니다만, 노력하는 자세가 눈물겨워 당신을 사랑할 수밖에 없습니다.
역사	자비로운 하느님!
나	내게 질문하고, 나를 꾸짖고 채찍질하는 신은 당신밖에

없습니다.

| 역사 | 영원하신 하느님! |

나 　내게 영원으로의 도피처를 마련해주시지 않으시고 현재에 대한 책임을 추궁하시는 당신이 두렵습니다.

역사 　정의의 하느님!

나 　정의가 뭔지도 모르면서 정의롭고자 뜨겁게 정의를 추구하는 당신의 정의로운 삶이 참 정의롭습니다.

역사 　태초로부터 지금까지.

나 　한 결 같이 유아적 상태에 머물러 있는 당신의 신보다 당신이 더 날 키웁니다. 당신이 성장하는 만큼 내가 성장하는 것 잘 압니다.

역사 　오, 하느님!

나 　오, 하느님! 너 또한 나를 너의 신으로 섬겨. 내가 너를 능력의 신으로, 행동하는 신으로, 우리 안에 있는 신으로, 내 안에 있는 신으로 키워줄게.

역사 　하하하. 미친놈! 이 지경이 돼서야 어찌 인간인가!

나 　이 지경으로야 어떻게 신을 성장시키니. 무슨 수로 너를 성장시키니. 어찌 내가 성장하니.

역사 　아, 어지러워!

나 　아, 흥분돼!

역사 　순종하던지, 겸손하던지.

나 　참견하던지, 사라지던지.

역사 　무릎 꿇자. 참회하자.

나	오직 너에게. 속일 수 있는 신 말고. 만날 속이는 신 말고. 절대 속일 수 없는 너에게. 정직한 신 당신에게. 살아계신 신 당신에게.
역사	왜 이래. 정신 차려!
나	오늘은 모란공원 가자. 봉화마을 갈까? 너 정신 흐려졌어. 기도 좀 해야 돼. 너 고생 좀 해야 돼. 학대 좀 당해야 돼.
역사	제발. 지랄 좀 그만둬!

'나', '역사' 앞에 무릎 꿇는다. '역사'는 어쩔 줄 몰라 이리 뛰고 저리 자빠진다.

역사	역사를 직시하라고.
나	무슨 역사? 어떤 역사? 썩어문드러진 역사? 악취 펄펄 풍기는 역사?
역사	역사 앞에 무슨 망발.
나	내가 역사야.
역사	역사 앞에 겸허하라고.
나	껌뻑 죽어 뭘 바꾸라고? 바짝 엎드려 뭘 구하라고?
역사	더 이상 못 봐주겠다, 너. 책임 못 지겠다.
나	너야 말로 정신 차려. 이대로 가면 인생 정말 쪽팔려져.
역사	쪽팔린 쪽이 미친 쪽보다는 낫지 않겠어.
나	쪽팔림이 뭔지 모르는구나.
역사	알량한 자존심.

나	그거마저 빼면 뭐가 남는데? 뭐가 남는데!

역사, 책 한 권을 뽑아 들춰본다. 이내 술병을 쥐고 마신다.

역사	글 정말 무섭지!
나	글이 무섭나, 자서전이 무섭지.
역사	글이 자꾸 화를 내.
나	속을 파헤쳐.
역사	아무리 외면하려 해도 놔주질 않네.
나	집요하지? 잔혹하지?
역사	자서전 따위 접자. 참회록 따위 던져 버리자.
나	인간으로 태어나서 자기 정리를 생략한다면 이 또한 부끄러운 인생 아니겠어. 껄끄러운 인생 아니겠어. 찝찝한 거 싫어.
역사	무서운데. 위험한데.
나	공기가 딱딱한데!
역사	무슨 소리?
나	바람이 배부르지 않아!
역사	잠깐.
나	내 입술이 왜 쑥쑥 자라지!
역사	잠깐. 잠깐만.
나	담배 한 대 줘.
역사	아니. 술 한 모금 하자.

나	담배 한 대 줘.
역사	술로 하자.
나	아니 더 써야 돼. 제대로 쓸 수 있을 것 같아.
역사	오늘은 그만. 술 마셔.
나	담배.
역사	술.
나	담배.
역사	술.
나	지금 필요한 건 담배.
역사	안 돼. 위험해. 술로 하자.
나	술 마시다간 너 잃어.
역사	그게 좋아. 잠깐은 괜찮아.
나	외롭지 않아. 술 필요 없어.
역사	그 고독을 멀리 하라고. 위험하다고.
나	지금은 고독에 몸부림쳐야 할 때. 한 자라도 제대로 찾으려면. 한 문장이라도 제대로 쓰려면.
역사	정말 자서전 대신 유서 쓰려고?
나	이 종이들 아깝지 않아? 이 원고지들에 미안하지 않아?
역사	이깟 원고지 몇 묶음. 다음에. 천천히. 자서전 물 건너갔잖아. 참회록은 좀 더 후에. 열심히 살아본 다음에.
나	버텨본들.
역사	고독이 얼마나 무서운지 알잖아. 죽음에 이르는 병이라는 거 잘 알잖아.

나	고독? 그렇지. 네가 내게 더 이상 질문하지 않는 거. 내가 너에게 줄 답이 없다는 것. 그 어디고 기댈 곳 없이 온전히 혼자라는 거. 네가 내게 이별을 고한 뒤 느끼게 될 것만 같은 허망함. 아휴, 무서워. 싫어.
역사	그러니까. 자, 한 모금 해.
나	싫어. 담배. 한 대만 피자. 빨리 줘.

'역사', '나'의 입을 벌려 억지로 술을 붓는다. '나'는 거부하려 하나 '역사'의 대처가 강력하다.

나	담배. 담배 한 대만 피자.
역사	죽는다고.
나	담배. 담배.

'역사', '나'의 입에 술을 들이붓는다. '나'는 그 와중에도 집필 원고지를 훑는다. 우습다는 듯 모두 구겨 던져버린다. 마구 찢어버린다. 마구 씹어 뱉어버린다. '역사'는 병나발을 분다.

나	멍멍! 야옹!
역사	야옹! 멍멍!

둘은 파지를 양산하며 파지 속에 갇힌다. 파묻힌다.

나	흐라흐라뿌리나니로 니로니라흐모로로….
역사	루니라니하리리리리 크크리코마호마호라리리리….

'역사', '나'를 품에 안는다. '나', '역사'의 품에 안겨 운다. 그렇게 울다가 '역사'를 뿌리치고 담배를 찾는다.

나	담배. 담배. 써야 돼. 써야 돼.

'역사'는 술을 마신다. 술에 취해 나가떨어진다.

나	흐루흐루나라니다가다 하하니미케케로르….

말 아닌 말, 말이 되지 못한 말들이 입을 뚫고 나온다. 착란지경 이다. '나'와 '역사', 원고지 속에서 문자들을 찾아 헤매고 다닐 때, 글자들에게 놀림을 당할 때, 문장에 허기질 때, 스스로를 자 학할 때, 미쳐 날뛸 때, 서서히 막 내린다.

– 막 –

쑥부쟁이

등장인물

태호
진희
민재
신혜
소령

때

아마도 내일 즈음, 혹은
오늘

장소

꽃 피고 바람 부는 곳이라면 어디든, 혹은
따뜻한 차 한 잔과 당신이 있는 곳이라면 어디든

1

무대 밝아지면

진희와 태호, 차를 마시며 대화를 나누고 있다.

진희는 뜨개질을 하고 있다.

태호 이게 통증에 그렇게 좋다네요. 케, 케….

진희 케모마일이요.

태호 그래요. 케모마일. 민재가 줬어요.

진희 고맙다고 전해주세요.

태호 네.

진희 이건 한 번도 입 밖으로 꺼낸 적 없는데. 내가 당신에게 반한 첫 계기가 뭔지 아세요?

태호 말해 뭐해요. 내가 한 멋하잖아요, 예나 지금이나.

진희 호호호. 예나 지금이나 근거 없는 자신감은. 하긴 그것도 당신 멋 중에 하나다.

태호 난 당신 미모에 반했는데. 당신은 아니었어요?

진희 들국화요.

태호 들국화?

진희 우리 첫 정식 데이트로 등산했잖아요. 센스도 없이.

태호 바다 보러 가지 않았었나? 경포대로.

진희 그건 당신 두 번짼가 세 번째 애인이고요.

태호 당신이야 말로 첫 사랑하고 등산했던 거 아니에요? 난 기억에 없는데.

진희 소백산이요. 희방사였던가? 거기 들러 올라갔잖아요. 등산이라곤 한 번도 안 해본 내가 그 큰 산을 왜 따라갔는지 몰라. 그때 길 옆에 들국화 보고 내가 아, 예쁘다 하니까, 당신이 제일 좋아하는 꽃이라 했잖아요. 기억 안 나요?

태호 그게, 친구들이 여자가 좋다, 하면 나도 좋다, 해야 한다. 이르기에. 안 그러면 평생 총각귀신 면치 못한다고.

진희 다 제 눈에 속아 넘어가는 거지. 특별히 좋은데 하나 없는 당신한테 끌린 거 보면.

태호 난 첫눈에 심장이 요동치기 시작했다니까요. 이 여자 어떻게든 내 사람 만든다.

진희 호호호. 헛소리래도 듣기는 좋네.

태호 정말이라니까요.

진희 그런데 들국화라는 이름의 꽃은 없는 거 알아요?

태호 없다고요? 그럼 노래하는 그룹 들국화는? 꽃 아니고 뭐야?

진희 그때 내가 보고 좋아라 한 건 산국이에요. 나도 나중에 알았지만.

태호 산국?

진희 당신이 마음에 들어 하는 꽃은 쑥부쟁이고요.

태호 같은 꽃 아니었어요?

진희 네. 조금 달라요. 그거 말고도 구절초, 감국 등이 국화랑 비슷하게 생겨서 통칭 들국화라 부른다네요.

태호 그러면 당신은 산국 망구구먼.

진희 당신은 쑥부쟁이 영감이고요.

태호 아울러서 들국화. "긴 하루 지나고, 언덕 저편에…."

진희 호호호….

태호 좋아하네. 자주 노래해줘야겠네.

진희 당신 내 말대로 해요. 내가 가장 믿는 후배예요. 혼자 된 지도 꽤 됐고. 애 참 괜찮아요. 남 주기 아깝지. 얼굴은 또 얼마나 예쁜데. 당신이니까. 당신이니까. 아무러면 내가 아무 여자나 골랐을까.

태호 또 쓸데없는 소리.

진희 정말 괜찮은 애라니까.

태호 내가 무슨 짐승이에요. 짝 잃자마자 새 짝 붙이게.

진희 인간이 짐승이지 그럼. 특히 남자야 백번 짐승이지.

태호 세상 눈총은 어떻게 하고요. 마누라 보내고 바로 새 여자 들인 나쁜 놈. 다 늙은 놈이 뭐하는 짓이냐. 아휴, 피곤해.

진희 남의 눈치가 뭔 상관이라고. 솔직하게 얘기하면 되잖아요. 내 아내가 짝지어준 여자다.

태호 매정한 놈, 독한 놈, 미친 놈 소리 밖에 더 돌아오겠어요. 당신 마음 잘 알았으니까 그만해요.

진희 헛소리 아니라니까요.

태호 그러다가? 나 정말 재미있게 살기라도 하면요? 그땐 부활 하시려고요? 질투심에?

진희 내게 충성을 다해준 당신에 대한 보은이라니까. 배 아파 도 참아내야지. 그 정도 결심 안 했을까.

태호	나 정말 미팅해요.
진희	해… 해요. 하라고 잡은 미팅인데.
태호	정말 해요.
진희	하라니까요.
태호	예쁘다고 했어요?
진희	예쁘다니까요.
태호	정말이죠?
진희	네. 네.
태호	좋아요. 어디 한 번 해보자고요.
진희	그래요. 한 번 해보라니까요.
태호	지금 화내는 거죠?
진희	화는 무슨.
태호	이거 봐. 삐쳤네.
진희	삐치긴 누가 삐쳐요.
태호	그렇게 이뻐요?
진희	그래, 이쁘다. 이쁘다고.
태호	허허허. 허허허.

두 사람 다툼할 때

무대, 서서히 어두워진다.

2

개의 신음을 따라 서서히 무대 밝아지면 어린 아이, 소령의 품에
안긴 노견, 별이가 간간이 신음하고 있다.
소령, 조심스레 별이를 내려놓고는 가만히 지켜본다.
소령의 표정이 매우 복잡하다. 지금 이 순간 이 아이는 철학자다.
잠시 후 소령이의 엄마, 신혜가 간식거리를 들고 다가간다.
신혜는 별이에게 다가가 한참을 내려다본다.

신혜   소령아 간식 먹자.

별이에게 마음을 빼앗긴 소령이는 간식 따위엔 관심이 없다.

신혜   어떻게 했으면 좋겠어? 결정했어?

소령, 고개를 젓는다.

신혜   더 생각해 볼래?

소령, 고개를 끄덕인다.

신혜   어렵지?
소령   엄마. 사람하고 강아지하고 달라요?

신혜	사람은 사람이고 강아지는 강아지지.
소령	그거 말고요.
신혜	그럼?
소령	아픈 거요.
신혜	같겠지. 다른가. 같지 않을까? 다를까?
소령	증조할머니에게 물어볼까요? 얼마나 아픈지.
신혜	그건, 좋은 방법 같지 않은데.
소령	왜요?
신혜	할머니는 사람이고 별이는 강아지니까.
소령	그럼 어떻게 알아요? 별이가 얼마나 아픈지.
신혜	할머니는… 할머니는 견딜 수 없을 정도로 아프시대.
소령	그럼, 죽는 거예요?
신혜	돌아가시는 게 아니고… 돌아가실 거야.
소령	뭐가 달라요?
신혜	응? 뭐가?
소령	무슨 말인지 모르겠다고요.
신혜	뭘? 무슨 말?
소령	돌아가시는 건 아니고 돌아가실 거라면서요?
신혜	응. 그게 왜?
소령	모르겠다고요. 무슨 말인지.
신혜	모르겠어? 왜?
소령	엄마.
신혜	응.

소령   지금 엄마 이상한 거 알아요?

신혜   이상해? 엄마가? 뭐가?

소령   엄마도 아프죠?

신혜   어디가? 아냐. 엄마가 왜 아파. 안 아파.

소령   마음이 아프잖아요. 증조할머니 때문에. 어젯밤에도 몰래 울었잖아요.

신혜   잠 안 자고, 들었어?

소령   잠이 안 와요.

신혜   우리 잠꾸러기가 잠을 못 잘 정도로 고민이 크구나. 그래서 할머니 걱정하는 엄마 마음도 헤아릴 줄 알고. 우리 애기, 이렇게 빨리 철들면 안 되는데.

소령   엄마. 할머니가 하신다는 인생… 인생송별회가 뭐예요?

신혜   그런 걸 네가 어떻게 알아? 누구한테 들었어?

소령   엄마는 자꾸 날 어린애 취급하더라.

신혜   여섯 살이 그럼 어린애지.

소령   나 다 컸거든요. 알만한 거 달 알거든요.

신혜   어휴, 어른들 말은 어디서 그렇게 잘 주워들어가지고 앵무새처럼 흉내를 내시나.

소령   그거 왜 하는 거예요? 인생송별회는 어떻게 하는 거예요?

신혜   할머니 아프시니까, 언제 돌아가실지 모르니까. 손님들 불러서 미리 작별인사 하는 거야.

소령   그럼 별이도 그거 하면 안 돼요? 망치, 초코, 아롱이 다 불러서 인사하게 해주면 좋겠다. 내 친구들도, 엄마 친구들도 다 부르고 증조할아버지, 할머니도 불러요. 별이가 기뻐할 거예요.

신혜 별이 송별회?

소령 할래요. 해요.

신혜 그럼, 준비는 소령이가 다 할 거지?

소령 네. 내가 초대장 그려서 보낼게요.

신혜 그래. 엄마도 도울게.

소령 별아. 들었지? 친구들 다 불러줄게.

신혜 별이가 좋은가보네. 눈을 끔뻑끔뻑하네.

소령 그런데 엄마. 죽는 게 뭐예요?

신혜 죽음?

소령 네. 죽음이 뭐예요?

신혜 그건… 별이가 소령이에게 꼬리쳐주지 않는다는 것? … 따뜻하게 안아줄 수 없다는 것? 영영 헤어지는 것. 다시 돌아올 수 없는 먼 곳으로 떠나는 것. … 서로의 눈을 바라볼 수 없는 것. 더 이상 웃어주지 않는다는 것. 함께 밥을 먹을 수 없다는 것. 불러도 대답이 없다는 것. 보고 싶어도 와 주지 않는다는 것. 함께 노래하고 춤출 수 없다는 것. 함께하던 것들을 혼자 해야 한다는 것. 외로워하지 않겠노라 다짐하면서도 한없이 외로워지는 것. 그 사람의 빈자리에 익숙해지는 것. 앞으로 편지는 눈물로 써야 한다는 것.

소령 그럼 별이는 벌써 죽은 거예요?

신혜	아직은 그렇게 품에 안을 수 있잖아.
소령	별이는 죽으면 어디로 가요?
신혜	글쎄. 어디로 갈까?
소령	할머니요? 별이랑 할머니랑 같은 곳으로 가요?
신혜	그러면 좋겠다. 할머니도 별이도 외롭지 않아 좋겠다.
소령	자기가 가고 싶은 데로 가면 안 돼요?
신혜	가고 싶은 데? 어디?
소령	다시 우리 집으로 오면 안 돼요?
신혜	우리 집으로 다시?
소령	네. 그러면 빨리 죽고 금방 다시 오면 되는데.
신혜	그렇게 헤어지기 싫어? 별이랑?
소령	네.
신혜	그럼 별이 계속 곁에 두고 바라봐야겠네.
소령	그런데. 별이가 많이 아파하잖아요.
신혜	어떻게 했으면 좋겠어? 의사선생님 말씀대로 편하게 보내줄까?
소령	네. 아니요. 모르겠어요.
신혜	엄마는 소령이 뜻에 따를 거야. 소령이가 어떻게 하던지.
소령	네.
신혜	결심하면 엄마에게 말해.
소령	네.

소령, 별이를 응시하며 깊은 생각에 빠진다.

신혜 또한 깊은 시름에 잠긴다.

무대, 서서히 어두워진다.

3

무대 밝아지면

태호가 진희에게 진통제와 물을 건네고 있다.

진희가 약을 입에 털어 넣는다.

태호가 진희의 등을 쓸어준다.

진희는 뜨개질을 이어간다.

태호 힘들죠?

진희 살아 마지막 잔치인데요, 뭐. 견딜 만해요. 즐겨야지요.

태호 잔치 치곤 너무 조촐하지 않아요? 빠뜨린 사람은 없나?
잘 생각해 봐요. 나중에 후회하지 말고.

진희 나중이 없다는 거. 후회할 시간이 없다는 게 오히려 다행
이네요.

태호 처형네는 어떻게 할 거예요?

진희 칠레에서 여기까지 어떻게 와요. 통화할게요.

태호 어디까지 말씀드려야 되나?

진희 다 말씀드려야죠. 숨김없이.

태호 이해 못하실 수도 있어요. 많이 놀라실 텐데. 내 원망 많이

하시겠다.

진희 잘 얘기해 줄게요. 너무 걱정 마요. 다 이해해 주실 거예요.

태호 신혜는?

진희 그러게요. 신혜가 걱정이에요.

태호 안 되겠죠?

진희 나중에요. 당신이 잘 이해시켜 줘요.

태호 내가요? 나중에?

진희 미리 슬퍼하게 할 필요 없잖아요. 그렇지 않아도 불쌍한 앤데. 인생송별회만으로도 버거워하는 애예요.

태호 신혜 때문에 버텼다, 우리. 자식 부부 한꺼번에 저세상 보내고 참 막막했는데.

진희 신혜마저 혼자 될 땐 정말 하늘이 원망스럽더니만. 소령이가 있어서 그나마 얼마나 다행인지. 가기 전에 새로 짝이나 지어주고 가야하는데. 그렇게 고집을 부리니.

태호 걔들한테 더 이상 짐이나 되지 말아야지.

진희 그러게요. 당신이 잘 하셔야 돼요. 애들 잘 살피셔야 돼요.

태호 잘 해야죠. 잘 해야죠. 당신 조금이라도 미련 남는 거 있으면 말해요.

진희 됐어요. 마지막으로 영자만 만나고 나면 다 정리되는 거예요.

태호 언제 데려다 줄까요? 영자씨와는 못하는 얘기 없죠? 하루쯤 자고 오는 건 어때요? 호텔 잡아놓을게요.

진희 아니에요. 너무 긴 이별식도 힘들어요. 피차간에.

태호 하긴 눈빛만 마주쳐도 속 다 들여다볼 수 있는 사이다, 두 사람. 따뜻하게 안아줘요. 보내는 사람도 떠나는 사람만큼이나 힘겨울 거예요. 아니 그 이상일 걸요. 계속 추억해야 하니까.

진희 날짜는 언제로 잡을까요?

태호 당신 생일 어때요? 아니면 내 생일?

진희 당신 생일은 왜요. 내 생일이야 좋겠지만 봄까지 버티려면 너무 멀어요.

태호 그럼, 첫눈 오는 날 어때요? 당신 눈 쌓인 들판 좋아하잖아요.

진희 첫눈? 온 세상 하얗게 덮어주는 게 참 좋지요. 소복이 쌓인 눈은 도톰한 솜이불 같기도 하고. 왠지 그걸 덮으면 따뜻할 것 같기도 하고. 백지 같은 흰 눈 위에 내 발자국 새겨나가는 것도 재미있고요. 아니다. 온 세상이 나를 보내려 하얀 소복을 입었다 생각하면 더 위로가 될 것 같아요.

태호 그렇게 합시다. 첫눈 밟으며 갑시다. 서리 내리는 거 보니 첫눈도 멀지 않았어요.

진희 당신 마음 바뀌면 안 돼요. 약속 어기면 안 돼요.

태호 고통 못 이겨 결정한 건데. 나도 당신 고통스러워하는 모습 오래 지켜보고 싶지 않아요. 못할 짓이에요.

진희 얼마 남지 않은 시간 우리 멋지게 꾸며요. 귀하게 씁시다.

태호 뭐할까요? 여행 갈까요? 바다 어때요? 맛있는… 것은 그렇고. 혹시 우리 데이트하던 옛 찻집 남아있나 찾아가볼까요? 앨범이라도 꺼내 볼까요? 아, 영화는 어때요?

진희   그렇게 별나지 않아도 돼요. 그냥 이렇게 같이 있어요. 당신 곁이 제일 좋아요.

태호   촛불이라도 켭시다. 음악도 틀고.

진희   우리… 춤춰요.

태호   춤? 흠흠. 진희씨, 저와 함께 춤추시겠습니까?

진희   어머. 태호씨. 이러시면.

진희가 슬쩍 손을 내밀면, 태호가 그 손을 잡아 당겨 진희를 품에 안는다.
두 사람, 흐르는 음악에 몸을 맡길 때
서서히 무대 어두워진다.

4

무대 밝아지면
태호와 친구 민재가 술잔을 기울이고 있다.

민재   뭐야? 죽을 날을 기다리는 것도 모자라 죽을 날을 잡아?

태호   왜 이래. 소리 좀 낮춰.

민재   너 제정신이야? 얘, 얘 우울증이네. 아주 중증이네. 하긴 우울증이 생길만도 하지. 그래도 그건 아니지. 그건 말이 안 되지. 살인교사 아니 자살방조, 그것도 아니다. 그래 협력자살 아니, 자살교사. 그래 자살교사. 자살교사나 살인이나 뭐가 달라. 진희씨야 그런다고 치자. 아프니까, 고통스러우니까, 당사자니까. 하지만 너는 말렸어야지. 너까지 동조하고 나서면 어쩌겠다는 거야? 진희씨도 내심 서운해할 걸. 자기 죽겠다는데 오케이 하는 서방 좋아라 할 여자가 세상에 어디 있어? 아무리 고통스러워한데도 그렇지. 그건 말이 안 돼. 생각 바꿔. 너 그러면 안 돼.

태호   이래서야 너랑 어떻게 더 이야기를 이어가야 할지 모르겠다.

민재   무슨 좋은 얘기라고 이야기를 더 해. 절대 안 된다니까. 무조건 안 될 일이라니까.

태호   민재야.

민재   그 무서운 입으로 내 이름 부르지도 마. 소름끼친다.

태호   김민재씨. 흥분 가라앉히고 잘 들어. 난들 이 이야기 쉽게 꺼냈겠어. 아직 할 얘기 더 남았어.

민재   됐다고. 그만하라고. 충분히 놀랐고, 충분히 실망했어.

태호   너니까. 내 목숨 같은 친구, 민재니까.

민재   그러니까. 그게 생명처럼 아끼는 친구에게 내뱉을 말이다.

민재, 잔에 술을 따라 털어 넣는다. 다시 한 잔 털어 넣는다.
태호가 한 잔 더 따라준다.

민재   허허, 미친 놈. 마누라를 죽이겠다네. 그렇게 죽고 못 살아하던 마누라를, 남사스런 줄 모르고 그렇게 자랑하던 마누라를 제 손으로. 미친놈.

태호   나도 같이 간다.

민재   뭐라고?

태호   혼자 보내는 거 아니라고. 나도 같이 간다고.

민재   같이? 어딜?

태호   ….

민재   누구하고? 어딜?

태호   ….

민재, 벌떡 일어나 술잔을 들어 태호 얼굴에 끼얹고 이내 멱살을 잡는다.

민재   어딜 가? 뭐? 같이 가? 이거 완전히 미쳤네. 완전히 돌았어.

태호   이거 좀 놓고. 앉아. 설명할게.

민재   진짜 무서운 놈이네, 이거. 넌 왜? 너도 당장 죽을병이라도 발견했대? 진희씨가 같이 가재? 같이 죽어줄 만큼 사랑하는 거야? 참 멋지네. 그래. 사랑 때문이라면야 뭐 봐주고. 그 사랑 한 번 대단하다.

태호   사랑 없이 어떻게 지금까지 살아왔겠어. 하지만 그 이유가 아냐. 내가 무슨 청춘이라고. 내가 무슨 대단한 로맨티스트라고. 이건 철저하게 내 문제야. 인생을 대면하는 나의 존재론적 고민이라고.

민재	대단한 철학자 나셨네.
태호	민재야. 어제 오늘 얘기 아니잖아. 나 젊어서부터 줄곧 얘기해왔잖아.
민재	그런 소리 한 두 번 안 해본 사람 어디 있어. 다 하고 살지. 말이 그렇지. 그냥 해보는 생각이지. 그걸 실행에 옮기겠다고? 예수 나셨네. 부처 나셨어. 새 종교 교주 한 분 탄생하셨어. 믿습니다.
태호	그래. 내가 하려고. 네 친구 태호가 하려고. 그러니까 인정하라고. 존중하라고.
민재	난 그런 친구 절대 사절이네. 필요 없네. 끔찍하게 무섭네.
태호	너도 나 하는 대로 따라 한다며. 도원결의 잊었어?
민재	철부지 때 얘기지. 피 끓을 때 얘기지. 백 번 천 번 생각해도 안 될 일이지. 인간이길 포기하는 행위지, 그건.
태호	민재야. 너 말고 이 얘기 아는 사람 없어. 네가 처음이고 유일해. 진희씨에게도 얘기 안 했어. 아내 인생송별회 이어가는 동안 나도 나 나름대로 작별 인사 다 했다. 감사할 사람들에게 감사 다 전했어. 우리 친구들도 하나 둘씩 만나서 이별주 나눴고.
민재	그래서 걔들이 알겠대? 그렇게 이별하재?
태호	알게 되겠지.
민재	알게 되겠지? 매정한 놈.
태호	조금 놀라기야 하겠지. 그뿐이지 뭐. 우리 나이에 오늘 가고 내일 간들 뭐가 다르겠어.

민재	나는? 왜 이렇게 괴롭히는데?
태호	너니까. 민재니까. 내게 있어서 너는 내 인생의 절반이니까. 너 때문에 행복했으니까. 네가 내 친구여서 더 없이 든든했으니까. 너에게만은 숨기고 가서는 안 될 것 같아서. 그리고 너만은 날 이해해 줄 거라고 믿으니까.
민재	그래서 그 잘난 친구더러 뭘 어쩌라고? 차라리 조용히 갈 것이지. 몰래 갈 것이지. 나더러 그 꼴을 다 지켜보라는 거 아냐, 지금.
태호	그렇게 끔찍하진 않을 거야. 내 성격 알잖아. 진희씨 성격도 그렇고. 깔끔할 거야.
민재	이런 식으로 뒤치다꺼리를 맡긴다 이거지.
태호	응. 네가 해줬으면 해. 번거롭지 않게.
민재	거부한다면?
태호	의절이지.
민재	평생 같이해 놓고. 인생 막판에?
태호	네가 원한다면.
민재	와, 이젠 협박까지.
태호	선택받은 거라니까.
민재	영광일세, 영광이야.

태호, 민재의 잔에 술을 채워주고, 자신의 잔에도 따라 마신다.

| 태호 | 생각 없이 서둘러 가려는 건 아니고. 때가 됐구나 싶어. |

민재   경거망동을 하던 신흥종교의 교주가 되던 네 맘대로 하세요.

태호   이러다 어느 순간 쓰러지겠구나. 큰 탈이 나겠구나. 멀지 않은 날에. 손 쓸 수 없는 순간에.

민재   탈이야 언제든 날 수 있는 거고. 다시 일어나면 되고.

태호   노쇠하니까. 더 이상 젊지 않으니까. 이젠 쓰러지면 회복 불가능한 몸이 되었으니까.

민재   버틸 수 있는 날까지 버티는 게 인생이야. 인간이 왜 불로초를 구하고 천년을 꿈꾸겠어. 그게 인간의 본능이야.

태호   욕망이지. 헛된 욕망. 다 쓰러지잖아. 추하게 발악하다가 가잖아. 예외 있어?

민재   내 말이. 너라고 예외일 수 있냐고?

태호   그래서. 그래서 다른 길을 찾으려고. 그 길은 답이 아니다 싶으니까.

민재   그래서 찾은 길이 고작 자살이야?

태호   말년의 자살은 자살이 아닐 수도 있으니까.

민재   헛소리. 말장난.

태호   다르게 말해보려고. 지금까지 써오던 말을 버리고 새 말을 찾아 쓰면 의미도 달라지지 않을까?

민재   자살이 아니면?

태호   유종의 미. 아름다운 마무리. 완성. 느낌이 전혀 다르지 않아?

민재   끝을 봐야 완성된 인생인 거야.

태호   그 끝이 어딘데? 난 어디까지가 인생인가 싶어.

민재　그래서? 어디까지가 인생인데?

태호　내가 나를 책임질 수 있을 때까지.

민재　교만하기는. 혼자 잘났지. 생명이 네 꺼야? 너 하나의 꺼야? 그렇게 가벼워?

태호　가볍게 여기자는 게 아니고. 더 의미 있게 하자는 거지.

민재　자살을 통해서?

태호　내겐 자살이 아니라니까 그러네.

민재　뭐? 아름다운 마무리? 유종의 미? 완성? 무슨 표현으로 대치하든 제 생명 스스로 끊는 건 인류가 가장 불경스럽게 생각하는 죄라고.

태호　어쩌지. 나에겐 그런 죄의식 따윈 없어. 안 느껴져.

민재　그러니 네가 미친놈이지. 죄의식도 없는 놈이 어떻게 정상이겠냐고.

태호　생각을 바꿔보자고. 관념이 바뀌면 평가도 달라질 테니까. 행동의 의미도 달라질 테니까.

민재　끝내 자살 예찬자가 되시겠다? 세상 자살 판으로 만드시겠다?

태호　너무 극한으로 몰아가지는 말고. 난 지금 내 얘기를 하고 있는 거야. 내 생각, 내 신념에 대해 이야기하고 있는 거라고.

민재　그게 궤변이니까. 귀신 씨나락 까먹는 소리니까.

태호　건강하다면야 구십도 좋고 백도 좋지. 내 의지대로 건강한 인생 장담할 수 있다면야 누가 뭐라겠어. 그런데 보라고. 선준이, 영찬이 어떻게 갔어? 무형이, 상만이, 만수 지금 어쩌고 있어? 빌딩이라는 빌딩, 층층이, 차곡차곡 쟁여져 언제 끝날지 모르는 고독과 고통을 생명의 존엄성이라는 이름으로 부여잡고 하염없이 때를 기다리고 있는 삶을 뭐라 할 거야? 버티는 게 최선인가?

민재 그걸 감히 인간이 어째? 고귀한 생명을 감히 인간이 어째? 감히 신에게 도전하시겠다고? 인류의 신념체계에 감히 도전장을 내미시겠다고? 세상을 혼란의 도가니로 몰아넣으시겠다고?

태호 어려운 일은 꼭 신에게 떠넘기지. 그래서 신이 응답해? 신이 외면하는 동안 인간에게 무슨 대책이 있지? 인간의 삶인데 왜 인간이 결정하지 못해? 왜 떠넘겨? 인간적이지 못해.

민재 너 혼자 사는 세상이냐고? 자손들은? 친구들은? 이웃들은?

태호 그러니까 더욱. 그 꼴로 남을 사랑할 수 있어? 누굴 도울 수 있어? 짐이야. 떠넘겨진 짐이라고. 남의 삶을 갉아먹어야만 생존할 수 있는 기생충.

민재 자식들을 전부 불효자 만들래?

태호 자식들에게, 자손들에게 아버지, 할아버지 그만 돌아가세요, 라고 말하게 할 수는 없잖아. 그거야 말로 자식들 불효자 만드는 거잖아.

민재 어느 자식이….

태호 자식들 기다리다가 마음에 금이 갈 걸. 곧 상처가 되겠지. 어떻게 견뎌내겠어. 이내 병이 될 걸. 몸의 병보다 무서운 게 마음의 병이라잖아. 난 싫어. 죽어가며 자식들 원망하고 싶지 않아. 내 인격, 내가 그렇게 노력하며 쌓아온 삶의 발자취 그렇게 뭉개버리고 싶지 않아. 망가지고 싶지 않아.

민재   너 참 독하다.

태호   아니. 어느 쪽이 더 독한지 그것도 다시 생각해 봐야 돼. 병석에 누운 부모 즐겨 찾아볼 자식이 몇이나 되겠어. 그 뒷바라지는 얼마나 고되고 슬프겠어. 아니 얼마나 안타깝겠어. 당연한 건가? 꼭 그래야 하나? 그거 부모의 이름으로 자식의 생을 갈취하는 거 아닌가? 자식에게 베풀었던 사랑 다 빼앗고도 더 내놓으라는 심보밖에 더 돼? 때를 알고 미리 대응할 수 있다면 우리가 포기한 시간, 아니 우리가 아낀 시간 후손들에게 주는 선물일 수 있지 않을까? 좀 더 여유롭고 풍요롭고 행복하게 살라고 남겨주는 유산.

민재   그런 유산 끔찍해서 어디 물려받겠냐.

태호   인간이 짐승하고 다른 게 뭘까, 생각해 봤어. 나는 자기 죽음을 스스로 선택할 수 있는 것, 그것이야말로 인간만이 가진 특성이라고 생각해. 종교적 신념으로, 애국의 방편으로 스스로 목숨을 바치는 삶도 있어. 그걸 자살이라고 하지는 않잖아. 자결이라고 하잖아. 행위가 같을지는 몰라도 의미는 전혀 다르지.

민재   어디 가져다 붙여. 그건 순교자나 애국지사를 모욕하는 언사야.

태호   적어도 나에겐 큰 숙제야. 인간 존재로서의 질문.

민재	그래서 너는 이미 정리가 끝난 거고?
태호	옳고 그르고의 문제로 보지는 말았으면 해. 다만 선택의 문제지. 동시에 실천의 문제고.
민재	나더러 같이 가자는 소리지? 너도 알아서 죽으라는 협박이지?
태호	아니, 아니. 넌 아직 건강하잖아. 다만 내 선택을 이해해 달라는 것뿐이야. 자꾸 몸이 신호를 보내고, 느낌이 그렇고. 감이란 게 있잖아.
민재	목숨을 앞에 두고 감 같은 소리 하고 자빠졌네.
태호	지난 봄, 아내가 갑자기 바다가 보고 싶다 해서 다녀왔어. 오랜만에 어린애들처럼 모래 위에 글자를 새기고, 그림을 그리고. 파도는 그것을 흔적도 없이 지워버리고. 그래, 이런 거지. 인생이라는 게. 바닷가를 걷는데 전과는 뭔가 느낌이 달라. 뭐지?
민재	뭔데?
태호	발자국이 깊지가 않아. 살짝 흔적만 남더라고. 아, 가벼워졌구나. 이제 마감할 때가 됐구나. 미련 떨쳐버릴 때가 됐구나 싶더라고. 사실 아내보다 내가 먼저 인생 정리할 결심을 한 거야.
민재	그걸 판단 근거로 내세워? 죽느냐 사느냐 하는 인류 최고의 갈등의 순간에?
태호	아차, 하는 순간이야. 더울 때 가을 맞을 준비해야 하듯이. 덥고 차고가 하룻밤 사이야. 그렇게 간 여름 다시 오지 않

지. 내가 나를 어쩌지 못할 상황은 그렇게 도둑처럼 온다. 막연히 기다리다간 때를 놓칠게 뻔해. 사는 대로, 되는 대로 생각하지 않으려면. 생각하는 대로 살려면 그렇게 해야 한다고 생각해.

민재 결국 네 목숨 네가 관리해야 직성이 풀리시겠다는 거 아냐. 교만이라니까.

태호 인생을 하나의 작품, 그러니까 한편의 소설로 본다면 말이야, 끝을 어떻게 맺느냐가 관건 아니겠어? 작가가 결말을 마무리 짓지 못한 채 방치하면 어떻게 되겠어? 그건 미완의 작품을 낳는 일이야. 작품을 망치는 일이지. 내 작품 내가 마무리하는 게 맞아. 그래야 주제가 흐려지지 않지. 남의 손을 타 왜곡될 염려도 없고. 남의 손에 떠넘겼다가는 작품이 어디로 갈지 알게 뭐야.

민재 난 네 작품의 끝은 안 볼란다.

태호 내가 입던 양복 하나 줄게. 그 옷이 헐어 더 이상 입지 못할 때까지만 날 추억해.

민재 너무 길어. 죽을 때까지 추억하란 거 아냐.

태호 그래도 그렇게 해. 친구 부탁이니까.

민재 넌 천국 갈 꿈도 꾸지 마라. 너 같이 못된 놈은 절대 천국에 못 보낸다.

태호 날 보려면 너도 지옥 와야 되겠네.

민재 천국에 보내자니 맘에 안 들고, 지옥은 내가 싫고. 그래, 넌 지옥 가고, 난 천국 가자. 죽어서까지 친구 얼굴 보자고

목맬 필요 있겠냐.

태호 고민하지 마. 나 따로 갈 곳 있어. 예비해 둔 곳 있어.

민재 너만? 따로? 의리 없는 놈. 어디?

태호 우주.

민재 우주?

태호 은하계 너머 그 어딘가에 있을 나만의 별.

민재 시를 써요. 애들도 아니고. 다 늙어 별 타령은.

태호 그게 내 믿음이야. 믿음대로 될지어다. 몰라?

민재 그래, 어디 네 믿음대로 되나 보자. 내가 우주군단 이끌고
다니며 은하계 잔별들 모조리 소탕해버리고 말테니까.

태호 그래. 그런 꿈을 꾸라고. 헤이, 악당. 네 믿음대로 될지어다.

민재 허허허. 어쩌냐? 이러고 웃고 넘어갈 문제가 아닌데.

태호 그냥 인정하고 지켜봐줘, 친구.

민재 세상에 제일 못된 친구를 뒀다, 내가. 이걸 확 죽여 순교자
를 만들 수도 없고.

태호 하하하. 그것도 좋겠는데. 하하하. 우리 웃자. 하하하.

민재 미친놈. 웃음이 나오기도 하겠다.

태호 하하하.

민재 미친놈. 좋단다.

태호 웃자니까. 하하하.

태호의 웃음과 민재의 욕지거리 섞일 때
무대 서서히 어두워진다.

5

무대 밝아지면
별이를 품에 안은 소령과 진희가 마주하고 있다.
진희는 뜨개질을 하고 있다.

소령 할머니는 어디가 아파요? 얼마나 아파요?

진희 소령이는 그게 왜 그렇게 궁금할까?

소령 별이가 얼마나 아픈지 알아야 되거든요.

진희 별이가 할머니만큼 아프면 어떻게 하려고?

소령 할머니 하는 거 봐서요.

진희 응?

소령 할머니랑 똑같이 하려고요.

진희 할머니처럼?

소령 네.

진희 좋은 생각은 아닌 거 같은데.

소령 그럼 어떻게 해야 돼요?

진희 엄마는? 뭐라고 안 해?

소령 엄마는 잘 모르겠대요. 저보고 알아서 하래요. 그래서 할
머니처럼 하려고요. 할머니는 많이 아프니까. 별이처럼.

진희 개하고 사람하고 어디 같은가. 별이는 개고 할머니는 사
람인데.

소령 뭐가 달라요?

진희	그러니까. 개는 개고 사람은 사람이다, 그런 말이지.
소령	그건 나도 알아요.
진희	그러니까. 별이는 개고 할머니는 사람이라 같지가 않다. 그런 말이지, 할머니 말은.
소령	별이도 늙었고 할머니도 늙었잖아요. 별이도 할머니에요. 그러니까 같잖아요.
진희	뭐 그렇게 주장한다면야.
소령	할머니는 많이 아프니까 곧 죽을 거잖아요. 별이도 많이 아파서 곧 죽을 거래요.
진희	그런데?
소령	별이가 너무 울어서, 너무 아파해서, 불쌍해서. 안 아프게 해주고 싶은데.
진희	안 아프게 해주고 싶은데?
소령	안 아프게 해주려면… 죽이래요. 의사선생님이.
진희	죽이래?
소령	그런데, 죽이는 건 나쁜 거잖아요.
진희	나쁘지. 나쁜 거지.
소령	그러니까 안 죽으면 아프고, 죽이면 안 아픈데.
진희	어떻게 해야 할지 모르겠구나?
소령	네.
진희	엄마한테 결정해 달라고 하지.
소령	엄마는 저보고 결정하래요. 제 뜻에 따르겠대요.
진희	그래서 할머니가 얼마나 아픈지 알고 싶은 거구나.

소령　네.

진희　할머니 하는 대로 따라 하려고?

소령　네.

진희　정말 어려운 문제네.

소령　할머니도 의사 선생님이 죽으래요? 그만큼 아파요?

진희　할머니는… 그것보다 더 아파.

소령　그럼 죽을 거예요? 누가 죽여준대요?

진희　할머니는… 사람은… 누가 죽이지 않아도 돼. 스스로 죽을 수 있거든.

소령　별이도 그럴 수 있으면 좋겠다. 할머니는 어떻게 할 거예요?

진희　뭘?

소령　죽는 거요.

진희　아, 죽음. 소령이는 할머니가 어떻게 했으면 좋겠어?

소령　어린이에게 너무 어려운 질문을 하신다.

진희　호호호. 그런가?

소령　저 아직 여섯 살밖에 안 먹은 유치원생이거든요.

진희　어휴, 깜빡했네. 할머니가 잠깐 뭔가에 홀렸었나 봐.

소령　할머니. 그런데?

진희　응?

소령　죽는 게 뭐예요?

진희　죽음?

소령　네. 죽음이요.

진희　유치원생 질문치곤 너무 어려운데.

소령	저 다 컸거든요. 어린애 아니거든요.
진희	호호. 그새 다 컸어?
소령	모르면 안 가르쳐줘도 돼요. 엄마한테 다시 물어보면 되니까.
진희	죽음이라. 흠, 죽음이라.
소령	됐어요. 너무 고민하지 마세요.
진희	잠자는 거?
소령	언제 깨는데요?
진희	그러네. 잠이면 깨야 되겠지? 미안. 그러고 보니 아직 죽음에 대해 깊이 생각해보질 않았네.
소령	죽음이 뭔지도 모르면서 어떻게 죽어요? 할머니는 못 죽겠다.
진희	큰일이구나. 죽음이 뭔지도 모르면서 어떻게 죽지.
소령	괜찮아요. 부부는 일심동체라니까 할아버지한테 물어볼게요.
진희	그래줄래. 고맙다.
소령	그런데, 우리 별이는 어떻게 해야 되냐고요. 아, 답답해서 못 살겠네.
진희	아, 빨리 답을 찾아야 할 텐데.
소령	별이 또 아파? 미안해, 별아. 미안해.

소령이는 별이를 위로하고, 진희는 그러는 소령이를 내려다보며 의문에 잠길 때

무대 서서히 어두워진다.

6

무대 밝아지면

진희, 신혜에게 목도리를 매주고 있다.

진희   할아버지 새 여자 생긴다 해도 노망이네 뭐네 나무라지

마라.

신혜   호호호. 할머니.

진희   웃기는.

신혜   그냥요. 호호호.

진희   할아버지 같은 사람 없다. 비웃을까 모르겠다만 네 할아

버지 참 좋은 사람이다. 멋진 사람이야.

신혜   비웃긴요. 나도 할아버지 무척 존경해요. 사랑하고요.

진희   남편 복은 아마 내가 대한민국 일등일 거다.

신혜   인정이요.

진희   죽을 때까지 건강하게 살려면 짝이 있어야 돼. 남자나 여

자나. 늙은 홀아비 혼자 사는 꼴 상상만 해도 끔찍하다. 측

은해. 그래서 나 죽는 기념으로 할아버지 새장가 보내기

로 했다. 이별 선물로. 아니지. 그동안 나를 사랑해주고 내

게 충성을 다해준 것에 대한 보은으로. 훌륭한 남편에게

주는 상이다, 상.

신혜 할머니.

진희 내 생전에 짝지어줄 수는 없고. 뭐 할아버지야 신나라 하겠지만 새 할머니 될 사람에겐 못할 일이잖니.

신혜 그게 말이 돼요?

진희 너도 마음에 쏙 들 거야. 내가 아끼는 동생인데 혼자 된지 오래됐어. 참 고운 여자야. 질투할 정도로 예뻐. 정은 또 얼마나 많은지. 다정다감하고. 그래, 요리솜씨도 둘째가라면 서러워할 걸. 어떤 남자가 채갈까 궁금했는데. 인연이 따로 있긴 있나 보다. 내가 고심 끝에 점찍은 여자야. 그러니까.

신혜 할아버지가 그러시겠대요?

진희 겉으론 아니라고, 아니라고 손사랜데. 그 속이야 뻔하지. 꼭 뒤집어 봐야 알겠니. 네 할아버지도 남자다.

신혜 그 할머니는요?

진희 걔는 내말이라면 끝이야. 더 묻고 따지고 할 것도 없어.

신혜 확인도 안 해 보시고요?

진희 확인이고 뭐고 필요 없는 사이라니까.

신혜 호호호. 할머니도 참.

진희 웃지 말고. 꼭 내말대로 해. 할아버지가 싫대도 너라도 잘 설득해서 짝지어 드려. 남은 여생 건강하게 사시려면 그 방법이 최고야.

신혜 할머니는 정말 후회 없으시겠어요?

진희	나 좋자고 할아버지 불행하게 만들 필요 없잖아. 할아버지는 늘 사랑이 필요한 사람이야. 사랑을 먹고 사는 사람이야. 나는 할아버지의 그 성격이 제일 좋았다. 그게 제일 행복했어. 나는 할아버지의 그런 삶을 응원하고 싶어.
신혜	세상에서 제일 좋은 짝을 만난 건 할아버지시네. 할머니 같은 분이 세상에 또 어디 있을까.
진희	신혜야.
신혜	네, 할머니.
진희	할머니, 할아버지는 이렇게 철없이 사랑타령인데.
신혜	….
진희	회피하지 말고.
신혜	말씀드렸잖아요.
진희	너희들 잘 살았잖아. 뜨겁게 사랑했잖아. 그거로 된 거야. 미안해할 것 없어. 되돌릴 수 있는 일이 아니잖아. 과거에 묶여 현실을 불행하게 만들지 마. 그 사람인들 그걸 바라겠니. 네가 행복할 수 있는 삶을 찾아. 그건 이기적인 게 아냐.
신혜	그런 이유만은 아녜요.
진희	소령이? 내 자식처럼 사랑하고 키워줄 사람 얼마든지 있어. 사람을 믿고, 사랑을 믿어. 소령이를 위해서라도.
신혜	더 생각해 볼게요.
진희	눈 크게 뜨고 찾아봐. 최선을 다해 노력해야 한다. 행복할 방법을 찾는 게 인간된 도리야. 그게 잘 사는 거야.

신혜	할머니. 저 충분히 행복해요. 잘 살고 있어요.
진희	너 이렇게 사는 거 보고 나 눈 못 감는다.
신혜	할머니.
진희	할아버지라고 얼마나 더 사시겠니. 너하고 소령이 둘뿐이야.
신혜	자꾸 그렇게 말씀하지 마세요. 제가 잘 할게요. 소령이 불행하지 않게 잘 돌볼게요. 남부럽지 않게 잘 키울게요. 할아버지도 잘 섬길게요.
진희	이렇게 불쌍한 애기를 두고 내가 어떻게 가니. 어떻게 눈을 감아.
신혜	할머니. 저 정말 괜찮다니까요.
진희	불쌍한 것. 측은한 것.

진희, 신혜를 꼭 안아준다.
두 사람, 서로를 위로할 때
서서히 무대 어두워진다.

7

무대 밝아지면
태호, 소령이에게 목도리를 매주고 있다.

태호	보자. 어이구, 예뻐라.

소령	얼어 죽지는 않겠네요.
태호	따뜻하게.
소령	할아버지.
태호	응.
소령	죽음이 뭐예요? 죽는 게 뭐예요?
태호	허허. 꼬마 철학자 나셨네.
소령	인생이 수수께끼투성이에요.
태호	허허허. 언제나 수수께끼가 철학자를 만드는 법이지. 허허허.
소령	왜 웃으세요?
태호	아니야. 아니야. 허허허.
소령	할머니 답은 실망스러웠어요. 할아버지한테는 기대할게요.
태호	그래. 그럼, 뭐.
소령	죽으면 어디로 가요? 뭐가 돼요?
태호	우리 소령이 죽는 게 겁나는구나?
소령	아니요.
태호	그럼, 왜?
소령	하나가 죽었대요.
태호	하나? 하나는 뉘 집 갠데?
소령	개 아니거든요.
태호	아, 고양이.
소령	사람이요. 내 유치원 친구, 하나요.
태호	유치원 친구? 어이쿠, 저런. 어린 것이 어쩌다가.

소령 할머니하고 하나하고 똑같아요?

태호 뭐가?

소령 죽는 거요.

태호 글쎄다.

소령 죽으면 어디로 가요? 할머니하고 하나는 만날 수 있어요? 별이도 만날 수 있어요?

태호 그게….

소령 할아버지도 모르네. 죽는 사람은 많은데, 죽어야 할 사람은 많은데 죽음이 뭔지 아는 사람은 하나도 없어. 아, 누가 인생을 알까? 별아, 많이 아파? 미안. 아직 어떻게 해야 할지 모르겠어. 미안.

태호 죽는다는 건.

소령 할아버지는 알아요?

태호 꽃이 되는 거야.

소령 꽃이요?

태호 별이 되기도 하고.

소령 별?

태호 그렇게 다시 무엇이 되는 거야. 자기가 원하는 것.

소령 내가 원하는 것? 별이는 뭐가 되고 싶어? 할머니, 아니 할아버지는 죽어서 뭐가 되고 싶은데요?

태호 할아버지는… 할아버지는 쑥부쟁이.

소령 쑥부쟁이가 뭐예요?

태호 꽃. 들꽃.

소령	왜요? 왜 꽃이 되고 싶어요?
태호	소령이를 만나고 싶어서지. 엄마도 만나고.
소령	소령이하고 꽃이 어떻게 만나요?
태호	소령이가 꽃을 보면 그게 만나는 거지.
소령	어디서 필 건데요?
태호	어, 그게. 여기 저기.
소령	여기는 어디고 저기는 어딘데요?
태호	우연히 만나는 곳.
소령	우연히? 쑥부쟁이는 언제 펴요?
태호	가을. 늦가을.
소령	그럼 자주 볼 수 없네.
태호	너무 자주 보지 않는 게….
소령	별이 되는 게 좋겠다.
태호	별?
소령	밤마다 볼 수 있잖아요.
태호	그러네.
소령	별아. 넌 뭐가 되고 싶어? 나는 별이가 별… 어, 별이는 별이었네.
태호	그러네.
소령	그럼 나도 별 되어야겠다. 별이가 별이니까. 친구하려면.
태호	할아버지도 별 돼야겠다.
소령	꽃 된다고 했잖아요.
태호	꽃도 되고 별도 되고. 내가 원래는 꽃이 돼서 별에 가는 게

꿈이거든.

소령 애 앞이라고 막 꾸며대는 것 좀 봐.

태호 정말이라니까. 자기가 바라는 대로 된다니까.

소령 거짓말 아니죠?

태호 그렇다니까. 그러니까, 할아버지 죽고 나서 혹시 쑥부쟁이 보면 그게 할아버진 줄 알고 인사해 줘.

소령 쑥부쟁이 모르는데. 못 봤어요.

태호 천천히 찾아보면 되지.

소령 할머니는요?

태호 할머니는 할머니한테… 산국. 할머니는 산국.

소령 할머니는 참 이상하다. 난 국 싫은데. 잘 안 먹는데.

태호 먹는 국이 아니고. 꽃이야. 할머니가 좋아하는 꽃. 할머니는 산국이 되고 싶어 하실 거야.

소령 산국은 예뻐요? 어떻게 생겼어요?

태호 그게… 쑥부쟁이랑 비슷하게 생겼어.

소령 쑥부쟁이는요?

태호 … 산국이랑 비슷하게 생겼지.

소령 흥. 끼리끼리 잘 만났네요. 할아버지 할머니는.

태호 허허허. 소령이는 틀림없이 철학자 되겠다.

소령 철학자가 뭔데 자꾸 철학자 타령이에요?

태호 철학자? 소령이처럼 질문이 많은 사람? 궁금한 게 많은 사람.

소령 내가 질문이 많다고요? 내가 얼마나 많이 참는 줄도 모르면서.

태호　허허허. 허허허.

소령　왜 자꾸 웃으세요. 이건 매우 심각한 문제란 말이에요.

태호　미안, 미안. 허허허. 허허허.

소령　할아버지.

태호　허허허. 허허허.

소령　왜 웃어요.

태호는 웃고, 소령이는 씩씩거릴 때
무대. 서서히 어두워진다.

8

무대 밝아지면
태호, 진희의 어깨를 주물러주고 있다.
진희는 뜨개질을 하고 있다.

태호　시원해요?

진희　당신에게도 물어요?

태호　응?

진희　소령이요.

태호　그 어린 게 벌써 죽음에 대한 공포를 느낄 나이가 됐나. 아주 진땀을 뺐어요. 요즘 애들은 뭐든지 빠르네요.

진희　별이 때문에 그러겠죠.

태호　당신은 뭐라 대답했어요?

진희　소령이가 뭐라 안 해요? 헛소리 했죠. 망신만 당했어요.

태호　더 생각해봤어요?

진희　남들은 멋진 말 잘들만 하더구먼. 난 아직 답을 못 찾겠어요.

태호　그래서 계획대로 실천할 수 있겠어요?

진희　왜요? 못 죽겠다, 떼쓸까봐서요?

태호　견디기 힘든 통증 때문에 목숨 끊는다. 그 사정을 이해 못할 바는 아니지만 왠지 등 떠밀려가는 꼴 아닌가 싶어서요. 억울하지 않겠어요? 뭔가 좀 더 폼이 나야 하는 거 아닌가?

진희　삶이 버거워 선택한 죽음이에요. 최선이라고요. 폼 잡을 여유 없다고요.

태호　무섭지는 않고요?

진희　앤가요. 무섭기는. 며칠 서둘러 갈 뿐일 걸.

태호　허무하지는 않고요?

진희　허무하긴요. 벅차요. 당신과 살아온 행복한 나날을 돌이켜 보면. 자식들 먼저 보내고, 이렇게 살아 뭐하나 싶었는데. 위기 때마다 당신이 일깨워줬죠. 살아남은 사람은 씩씩하게 살아가야 한다는 것. 그것도 더 열심히, 더 행복하게.

태호　통증이 사라진다면 더 살아볼래요?

진희　무슨 말이에요? 어디서 새로운 치료법이라도 발견했대요?

태호   질문이 잘 못됐다. 당장 아픈 데 없이 다만 많이 쇠약해졌다는 이유로 인생을 정리할 수 있겠느냐고요?

진희   늙음을 이유로 서둘러 생을 정리한다고요? 그런 소리 하지 말아요. 욕 들어요. 그건 노년의 삶을 부정하고 저주하는 거예요.

태호   손쓸 수 없는 상태가 되기 전에, 죽음의 그림자가 드리워지기 전에 선제적으로 죽음에 대응하는 방법에 대해 말하는 거예요.

진희   당신 혹시 다른 생각해요?

태호   생각은 무슨. 아니에요.

진희   안 돼요. 절대 안 돼요. 차라리 내가 포기할게요. 살 때까지 살게요. 죽을 때까지 죽지 않을게요. 그러니까. 당신도 잡생각 떨쳐버려요.

태호   그렇게 흥분할 일 아니에요.

진희   배우자 간병하다가 먼저 가는 경우 많다더니 우리가 그 꼴이네요. 당신 지금 정상 아니에요. 많이 아파요.

태호   간병이라고 생각해본 적 없어요. 행복한 동행이지.

진희   말은. 당신 정말 나쁘다. 날 어떻게 그런 사람을 만들려고 해요? 애들은요. 애들은 생각 안 해요?

태호   애들을 생각해서라도 그편이 나아요. 애들한테 짐 되지 말자고요.

진희   당신 참 매정한 데가 있었네요.

태호   당신하고 같이 가겠다는 건데 매정하단 소리 들으면 억울한데.

진희　그러게 난 그런 호의 원치 않는다니까요.

태호　허허허. 오해하지 마요. 서운해 하지도 말고. 당신 때문도 아니고 당신을 위해서도 아니에요. 애들을 위해서도 아니고. 나를 위해서. 내 인생을 좀 더 완벽하게 마무리 짓기 위해서. 새로운 여행을 시작하기 위해서.

진희　온갖 미사여구를 끌어다 붙인들 달라질 게 뭐예요.

태호　달라요. 나는 이번 생을 충분히 즐겁고 행복하게 살았어요. 미련 없어요. 그게 다 당신 덕이긴 하지만. 그런데 자꾸 두려움이 밀려와요. 의문이 생겨요. 지금까지 아름답게 가꿔온 내 인생 허물어져가는 꼴 보게 되는 건 아닐까. 내 인생에 남는 게 뭘까. 주저앉고 쓰러지고 드러눕고 눈감고 의식 잃고….

진희　누군 안 그래요? 그게 인간이에요. 그게 인간의 운명이에요.

태호　운명이야 개척하기 나름이지. 인생관 새로 설계하면 삶의 방식도 달라지는 법이에요. 나 나름 열심히 살아온 거 당신도 인정하죠?

진희　그거야… 부정할 수 없는 사실이죠.

태호　이런 상황을 대비한 거예요. 젊은 날부터. 결코 즉흥적 결정이 아니에요. 그리고 지금 때가 됐다는 걸 느낄 뿐이고요. 공교롭게도 당신이 처한 상황과 겹친 것뿐이에요. 그러고 보면 우리 정말 천생연분 맞아요. 그렇죠?

진희　지금이 천생연분 타령할 때에요? 두 사람 목숨이 걸려 있는 판에 낭만은.

태호　내가 설계한 내 인생항로 계획대로 잘 가고 있어요. 난 무궁한 우주별들 중 한 곳에 이미 터를 구입해 놨어요.

진희　누가 당신 무덤이라도 파헤칠까 봐요? 그렇게나 멀리?

태호　꽃밭 가꾸려고요. 산국 심고 쑥부쟁이 심으려고요. 난 꽃 심으러 우주로 갈 거예요.

진희　아이고, 철없어라. 늙으면 애 된다더니.

태호　인간의 삶이 지구별의 생으로 끝난다고 봐요?

진희　아니면요?

태호　나는 이 신비로운 생이 지구별에서의 죽음으로 끝난다고 생각하지 않아요. 그렇게 끝나기에 인생은 너무나도 신비로워요.

진희　그래서 극락이 있고 천국이 있겠죠.

태호　난 더 아름다운 곳이 있다고 믿어요. 알 수는 없지만. 더 재미있는 곳이 있으리라 믿어요. 기대돼요. 죽음 뒤에 뭐가 있을지. 천국이 아니고 지옥이 아니면 어때요. 환생이면 또 어때요. 영원한 잠이어도 괜찮고요. 기대해 보자고요. 이 세상에서의 죽음 뒤에 무엇이 기다리고 있을지. 신나게 시작해 보자고요.

진희　사이비 종교도 아니고.

태호　죽음은 삶의 뒷문이고, 삶은 죽음의 앞문이에요. 삶과 죽음은 어디론가 연결되어 있어요. 나는 그 연결 통로를 우주에 연결한 거예요. 지구별에서의 삶은 우주선이 잠깐

머물러가는 정거장이랄까. 이게 내 신념이에요.

진희   신념, 신념. 젊은 날부터 그렇게 신념 타령을 하더니, 결국 내 뒤통수를 치네요. 나 당신을 다 안다 생각했는데, 착각이었어요.

태호   난 즐거워요. 죽음의 문턱 앞에서 다시 새로운 꿈을 꿀 수 있다는 게. 아니, 새로운 인생을 시작할 수 있다는 게.

진희   정말 그게 당신 신념이에요? 정말 그렇게 믿는다고요?

태호   그렇게 믿으면 그런 거지요. 그렇게 되도록 그렇게 꿈을 꾸고, 그렇게 살아왔으니, 그렇다 믿을 수 있는 거지요. 아, 누가 죽어봤대요? 죽음이 뭐다 장담할 수 있대요? 난 내 죽음, 지구별에서의 내 인생의 의미가 무엇이다 당당하게 말하려는 거예요. 개똥철학일지 몰라도. 돌이켜보면 그렇게 부끄럽지만은 않고요. 이거 울고불고 할 일이 아니라 축하해야 할 일이라니까요.

진희   그렇게 별난 생각을 가지고 살았으면 진즉 알려줬어야죠. 적어도 당신 아내인 나는 알고 있었어야죠.

태호   남에게 강요할 일은 아니었으니까요. 그럴 자신도, 확신도 없었으니까요.

진희   그렇지요? 그런 거죠? 결국 우린 남남인 거죠?

태호   내가 누구에게 설교하고, 누구를 설득할 수 있을 만큼 인생을 다 안다고 할 수 있을까요. 아니요. 내 생각은, 내 삶은 이미 정리된 게 아니라 지금 정리해 가고 있는 중이에요. 이미 완결된 게 아니라 완결해 가는 과정 중이라고요.

아직 미완이에요. 내가 바라고 꿈꾸는 죽음을 통해서 비로소 완성되겠죠. 그래서 누구에게 강요할 수도 없고요.

진희 좀 천천히 가면 어때서요. 남은 인생 더 풍성히 채워 가면 어때서요.

태호 충분하다니까요. 욕심이라니까요. 그러다 기회 놓친다니까요.

진희 지금까지 당신 손잡고 함께 달려온 인생이지만 이번만큼은 안 되겠네요. 당신 손 잡고 갈 수는 없겠네요. 가려거든 당신 혼자 가세요. 나는 나대로 갈 테니까.

태호 그거 재미있겠는데요. 가는 길에 내가 당신 다시 꼬셔볼 요량이니까.

진희 어림없는 소리.

태호 정말 그럴까요. 나 민태호인데.

진희 민태호 아니라 민태호 할아비가 꼬셔보라지. 내가 눈 하나 깜빡하나.

태호 놀랄 것도 슬퍼할 것도 없어요. 이것도 하나의 인생이구나 생각해줘요.

진희 사지 멀쩡한 서방이 아내 따라 저승길 동행한다는데 놀라지 않을 사람 어디 있어요. 너무 놀라워 슬퍼할 겨를도 없네요.

태호 난 무척 흥분돼요. 빨리 가보고 싶어요.

진희 난 절대 못 따라가요. 안 따라가요.

태호 따라오긴. 함께 가는 거죠.

진희	혼자 가라니까요.
태호	장담하건대 재미있을 걸요. 놀라울 걸요.
진희	서둘러가는 저승길 재미있기도 하겠다. 뭐가 기다리고 있을 지도 모르면서.
태호	그래서 더 흥분되는 거죠. 믿어보라니까요.
진희	오늘부로 당신하고 나 이혼이에요. 죽을 때 죽더라도 이혼은 하고 죽어야 속이 편하겠네요.
태호	이혼? 하하, 그것도 좋다. 내 꿈 중에 하나가 말예요, 이혼을 하고 재혼을 하는 거였거든요.
진희	이거 봐, 이거 봐.
태호	그런데 이혼할 사유를 찾을 수가 없는 거예요. 너무 좋아서. 너무 완벽해서.
진희	어이구, 어이구.
태호	그런데 당신이 이렇게 이혼을 하자니 얼마나 좋은 기회야.
진희	그러게요. 내가 예쁜 후배 대령해 놨다 했잖아요.
태호	당신하고 재혼해야죠. 누가 당신을 대신해.
진희	나 몰래 얼마나 많은 여자를 꼬드겼을까 몰라.
태호	능력은 넘치되 안 했다. 어때요, 당신 남편.
진희	어이고 고마워라. 아. 욱신욱신 쑤셔오네요. 비가 오려나. 눈이 오려나.
태호	비 오면 머물고, 눈 오면 가고요.
진희	멋지다. 민태호. 꽤 괜찮은 사람이네.
태호	이진희만 할까.

진희 미안해요. 더 잘 해주지 못해서.

태호 고마워요. 너무 잘 해줘서.

진희 비가 좋을까요, 눈이 좋을까요?

태호 아무거나 내리라지요. 준비 다 끝났는데.

진희 호호호.

태호 하하하.

진희와 태호, 손을 맞잡고 환하게 웃을 때
서서히 무대 어두워진다.

9.0

무대 밝아지면
눈 내린다.

9.1

소령 눈 온다. 엄마. 눈 와요.

신혜 눈 오시네. 할머니 좋아하시겠다.

소령 나도 눈이 좋아요.

신혜 엄마도 눈을 좋아한답니다.

소령	우리집안 내력이네.
신혜	호호호. 애, 애, 어쩌면 좋아.
소령	별이 춥지 않을까요.
신혜	눈이불 덮으면 따뜻할 거야.
소령	별이 무덤 앞에 눈강아지 만들어 줘야겠다.
신혜	눈강아지만?
소령	눈사람도 만들어 줄까요?
신혜	그럼 더 좋아하지 않을까.

9.2

민재, 전화 통화하고 있다.

민재　그냥 보자고. 눈 내리잖아. 그거면 만날 이유 충분하지. 막걸리 한 잔 하자고. 너도 전화 좀 돌려. 오늘 크게 뭉쳐보자. 요양원에 누워있는 놈들 말고는 한 놈도 빠지지 말고 다 소집해. 알았어. 태호는 내가 책임진다니까. 누가 부르는데 안 나와 지가. 이유? 그냥 내 생일이라고 해. 지난번? 야, 생일파티는 꼭 일 년에 한 번만 하란 법 있냐. 그럼, 네 생일 땡겨서 한다고 그래. 어쨌든 오늘 한 놈도 빠짐없이 다 모여야 된다. 응. 태호하고도 바로 통화할게. 그래. 그리고 너. 너 인마, 오늘도 늦으면 죽여 버린다.

9.3

태호와 진희, 내리는 눈을 바라보고 있다.
서로 눈을 맞춘 후, 손을 잡는다.
다시 내리는 눈을 바라보며 미소짓는다.
무대, 서서히 어두워진다.

10.0

무대 밝아지면
눈이 내린다.

10.1

소령이는 눈을 굴려 눈사람을 만들고 있고
신혜는 그 모습을 보며 카메라에 담고 있다.

10.2

민재는 눈을 맞으며 통화 버튼을 누르고 전화기에 귀를 가져다

댄다.

상대는 여전히 반응하지 않는 모습이다.

다시 전화 걸고, 다시 전화 걸고….

10.3

진희와 태호가 앉아 있던 소파는 텅 비어 있고, 테이블 위에는
편지봉투 하나가 놓여 있다.

그 풍경들이 하나, 둘 지워질 때

서서히 막이 내린다.

– 막 –

노랑 스웨터*

* 이 작품은 희곡인 동시에 축제 대본이다.
  안산시 화랑유원지에 마련된 세월호 정부합동분향소를 찾았다. 나는 너무 죄스
  럽고 부끄럽고 미안해 감히 분향하지 못하고 발길을 돌렸다. 며칠 후 마음 다잡
  고 다시 찾았으나 차마 비극의 무게를 감당할 자신이 없어 결국 분향하지 못하
  고 도망쳤다. 못 올린 국화 한 송이 대신 노랑 스웨터 한 벌 내건다.

등장인물

양호민
호민엄마
호민아빠
호민이 친구들
이웃 아주머니들

1

내일 생일을 맞는 아들에게 맛있는 생일상을 차려 주겠다는 들뜬 마음으로 시장에 다녀오던 호민 어머니는 오늘도 연립주택 앞 작은 꽃밭에 나뒹구는 스웨터 하나를 주워 듭니다.

엄마   어. 이거 호민이 옷인데. 또 바람에 떨어졌나? 건망증, 건망증. 오늘은 세탁기 안 돌렸잖아. 그럼 이건 어떻게 된 일이지. 왜 자꾸 옷이 떨어져 있어. 그것도 호민이 것만. 가만. 어제도 떨어져 있었고, 그저께도 떨어져 있었고. 벌써 며칠 째야. 호민아. 호민아!

하지만 이 시간에 집안에 붙어 있을 호민이가 아닙니다. 호민이는 이제 겨우 여덟 살이 되는 아이입니다. 그 소리를 듣는 건 위층 아주머니들입니다. 아주머니들은 창문에 고개를 내밀고 한마디씩 합니다.

위층1   호민엄마! 그 옷 호민이 거 맞지?

엄마   네. 맞아요. 호민이 거예요.

위층2   호민이 새 옷 입고 싶은가 보다. 우리 애도 그런 적 있어. 새 옷 하나 사 줘.

엄마   얼마 전에 할머니가 선물해 준 옷도 있는 걸요.

위층1   있다고 탐 안 내나. 친구가 새 옷 자랑했나 보지.

엄마	그렇다고 이렇게 옷을 내다 버리면 안 되죠.
위층2	달래 애들이야? 나름 머리 쓴 건데 너무 야단치지 말고.
엄마	네.

대답을 하고 집에 들어오기는 했지만, 호민 어머니는 화가 풀리지 않습니다.

엄마	호민이 요놈, 들어오기만 해 봐라! 아니다. 오늘은 참아야지. 그래도 내일이 호민이 생일인데.

호민 어머니는 잠시 마음을 진정시키더니 이내 장바구니를 풉니다. 호민이가 좋아하는 소시지, 계란, 딸기가 나옵니다. 당면, 양파, 당근, 시금치, 목이버섯, 쇠고기가 차례로 나오는 걸 보니 아마도 잡채를 만들어주실 모양입니다. 당연히 미역이 빠질 수는 없죠. 주방 탁자가 요리 재료로 넘칩니다.

엄마	케이크는 주문해 뒀고… 참, 초대 손님이 몇 명이랬지? 아이고 이 건망증!

머리를 툭, 치다가 다시 궁금해집니다.

엄마	정말 새 옷이 입고 싶어서 그러나. 안 하던 짓을 하네. 그런 나쁜 행동은 또 누구에게서 배운 거야. 아휴, 정신없어.

호민 어머니의 궁금증이 자꾸 커져갑니다. 그런 작전을 펼치는 아들 호민이가 괘씸하기도 합니다. 그래서 생일상 준비하는 손길이 결코 즐겁지만은 않습니다.

2

호민이는 골목에서 친구들과 뛰어 노느라 정신이 없습니다.

호민 내일 저녁 6시, 잊지 마!

친구1 뭐 만들어 주신대?

호민 비밀. 우리 엄마 요리 솜씨 최고인 거 알지? 기대해도 좋을 거야.

친구2 난 오늘 저녁부터 굶어야지.

친구1 내일 저녁이 빨리 왔으면 좋겠다.

호민 선물 잊으면 안 돼.

친구2 벌써 사 놨어.

친구1 나도 엄마가 준비해 준다고 하셨어.

호민 히히. 내일 봐. 안녕!

친구들 안녕!

집으로 향하는 호민이는 엄마가 맛있는 요리를 해 주실 거라는 기대감에 매우 즐겁습니다. 요리 잘하시는 엄마가 은근 자랑스럽습니다. 마음속에는 생일선물에 대한 기대도 점점 커지고 있습니다. 그래서 집으로 향하는 발걸음에 기쁨이 듬뿍 묻어납니다.

3

호민　엄마! 학교 다녀왔습니다. 엄마, 저 들어왔다고요!

웬일인지 돌아보지 않는 엄마가 이상합니다. 방에 들어가려던 호민이가 저녁 준비하는 엄마에게 다가갑니다. 엄마는 돌아보지도 않고 쌀쌀맞게 대합니다.

호민　엄마!
엄마　씻고 와서 저녁 먹어!
호민　엄마!
엄마　어서!
호민　네!

호민이는 엄마가 왜 그러시는지 이유를 모르겠습니다. '혹시 무슨 걱정거리가 생기셨나?' 염려될 뿐입니다. 그래서 엄마를 위로해줘야겠다 마음먹습니다. 엄마를 지켜줄 사람은 자신밖에 없다고 늘 생각하는 호민이입니다.

호민 엄마, 힘내세요! 호민이가 있잖아요. 엄마, 힘내세요! 호민이가 있어요.

노래를 하고는 쑥스러운 듯 얼른 화장실로 향합니다. 이런 상황을 접한 호민이 어머니는 참 어이가 없습니다.

엄마 병 주고 약 주네! 자기 때문에 화난 거 알기나 할까?

생각해보면 그런 호민이가 우습기도 합니다. 어느덧 호민이의 따뜻한 마음에 화도 누그러집니다. 얼굴에 다시 미소가 피어납니다.

엄마 내가 너 때문에 웃고 산다.

4

호민이는 잠을 자려고 침대에 누웠습니다. 호민이 아버지도 퇴근해, 집에 돌아오셨습니다.

아빠 내일이 우리 호민이 생일인가! 내일 아침엔 얼굴 못 보고 출근할 테니 미리 축하해야겠다. 우리 사랑스런 호민이의 여덟 번째 생일을 축하합니다!

호민	감사합니다. 아빠.
아빠	우리 아들로 태어나줘서 고마워. 앞으로 건강하고 씩씩하게 자라야 돼.
호민	네.
아빠	올 생일 선물은 뭐로 해줄까?

호민이가 입을 열기도 전에 엄마가 먼저 끼어듭니다.

엄마	옷이요. 호민이가 새 옷이 입고 싶은가 봐요.
아빠	새 옷은 얼마 전에 할머니가 사 주시지 않았나?
엄마	잘 안 맞아요.
아빠	벌써요?
엄마	하, 한참 키 클 나이잖아요.
아빠	와, 우리 호민이가 그새 그렇게 많이 자랐나? 그리고 보니 그새 부쩍 컸네. 좋지. 쑥쑥 자라니 좋지. 와, 멋진 옷 사 줘야겠다. 누구 아들인데.
엄마	그러게요. 어떤 아들인데요.
호민	아닌데. 나 안 자랐는데.
아빠	안 자랐어? 그럼 엄마 말은 뭐야?
엄마	앞으로 더 자랄 거란 얘기죠. 그렇지 호민아.
아빠	뭐라는 거예요?
엄마	몰라요. 그런 거 있어요.
아빠	그런 건 또 뭔데요?

호민	아빠, 저 롤러블레이드 갖고 싶어요.
아빠	롤러블레이드?
호민	네! 좀 비싸긴 하지만… 다른 애들은 다 가지고 있어요.
엄마	너 새 옷 입고 싶은 거 아니었어?
호민	롤러블레이드 비싸면… 옷도 싫지는 않아요.

호민이는 평소 엄마가 늘 돈 걱정을 하고 계시다는 걸 잘 알고 있습니다. 하지만 아버지는 가끔 통 크게 지갑을 여는 분이셔서 롤러블레이드 얘기를 꺼내보았던 겁니다. 하지만 엄마가 옷 얘기를 꺼내시는 걸 보고는 롤러블레이드에 대한 꿈은 얼른 접습니다. 분수에 맞지 않는 욕심이란 걸 잘 알기 때문입니다.

아빠	그래. 롤러블레이드로 하자.
호민	정말요, 아빠? 와! 와!

좋지만 살림 걱정하시는 어머니 눈치를 안 볼 수 없습니다. 호민이 어머니도 여전히 호민이의 속셈이 궁금하기는 마찬가집니다.

엄마	그럼 옷은 왜 자꾸만 던져 버리는데?
아빠	여보, 그게 무슨 소리예요? 호민아. 엄마 지금 뭐래시는 거니?
호민	모르겠어요. 무슨 말씀 하시는지.
엄마	옷은 왜 자꾸 내다 버리느냐고? 엄마가 모를 줄 알아. 너

벌써 며칠 째야. 동네 사람들이 다 알아. 아우, 동네 창피
해라.

아빠 호민아! 엄마 지금 뭐래시는 거야? 당신도 좀 알아듣게 얘
기해요.

호민 모르겠어요.

엄마 너 거짓말 하는 게 세상에서 제일 나쁘다고 했다.

호민 나 거짓말 한 거 없는데.

호민이는 억울해서 눈물이 톡 터질 것 같습니다. 호민 어머니는
거실 한 구석에 놓아두었던 호민이의 스웨터를 들고 옵니다.

엄마 그럼 이건 뭐야?

아빠 그게 뭐예요? 왜요?

호민 아버지의 궁금증도 점점 더 커집니다.

호민 아, 그거! 죄송해요, 엄마!

호민이는 엄마가 왜 자꾸 옷 이야기를 꺼내시는지 비로소 알겠
습니다.

호민 사실은….

엄마 사실은?

아빠   말해 봐.

호민 어머니의 확신은 점점 견고해지고, 호민 아버지의 궁금증은 더욱 커집니다.

호민   옆의 옆집이요.
아빠   건너 건너 집?
호민   아라누나네요.
엄마   아라네가 뭐?
아빠   아라네가 왜?

호민 아버지 목소리가 점점 커집니다.

호민   매일 울어요.
아빠   누가?
호민   아라누나네 엄마.
엄마   아직?
아빠   아직도!
호민   네.
엄마   그래, 그렇겠지!
아빠   어떻게 안 그렇겠어.
엄마   그런데 아라 어머니가 우는 건 어떻게 알아?
호민   들려요. 밤마다.

엄마	들려? 엄만 못 들었는데.
아빠	아빠가 피곤해서 못 들었나.
호민	들려요. 매일 우세요.
엄마	그랬구나.
아빠	아직도 매일 우시는 구나.
엄마	그런데?
호민	마음이 아파요! 불쌍해요!
엄마	엄마 아빠도 그래. 마음이 많이 아파!
아빠	그래서?
호민	그만 우셨으면 좋겠어요!
엄마	그러게. 그래야지. 그랬으면 좋으련만!
호민	그래서 내다 건 거예요. 버린 거 아녜요.
엄마	옷을 왜 내다 걸어?
호민	텔레비전에서 봤어요. 할아버지네 갔을 때. 영화에서요. 할아버지가 설명해주셨어요. 사람 죽으면 지붕 위에 올라가서 옷 흔드는 거라고. 할아버지 어려서는 그랬대요.
아빠	고복하는 걸 봤구나.
엄마	고복이요?
아빠	네. 옛 풍속이요.
호민	죽은 사람 이름을 부르며 돌아오라고 하는 거랬어요. 보고 싶으니까. 보고 싶어서 그러는 거라고. 아라누나가 빨리 돌아왔으면 좋겠어요. 아라누나가 보고 싶어요. 많이 보고 싶어요!

아빠　아---!

엄마　호민아, 엄마가 미안해. 많이 미안해!

호민 어머니도 아버지도 모두 할 말을 잃습니다. 호민이를 꼭 안 아줍니다. 호민이가 기특하기도 했지만, 그동안 아라네의 아픔 과 슬픔을 외면하고 살아 온 자신들의 모습이 무척 부끄럽고 또 미안했기 때문입니다. 호민이의 속 깊은 마음을 헤아려주지 못 한 것도 많이 미안합니다. 그래서 세 식구 모두 눈물이 납니다.

엄마　호민이에게는 친누나 같은 아라였는데.

아빠　그러게요. 한 가족처럼 지냈었는데.

호민　내 생일이면 꼭 선물해주고 편지도 써 줬어요. 그거 아직 다 가지고 있어요. 가끔 꺼내서 읽어보곤 해요.

엄마　아라가 돌아왔으면 얼마나 좋았을까.

아빠　영영 돌아오지 못하는 여행이 되어버렸네.

호민　이번 내 생일에는 아라누나가 운동화 사주기로 약속했었 는데. 수학여행 선물로 돌하르방 사다 준다고도 했는데. 약속 하나도 안 지켜요, 아라누나가.

울음을 그친 호민이 어머니와 아버지는 차분하게 이야기를 이어 갑니다.

아빠　얼마나 됐다고. 그새 우리가 많이 변했네요.

엄마　그러게요. 벌써 잊었네요.

아빠　얼마나 서운했을까요.

엄마　얼마나 외로우셨겠어요.

아빠　그러게요.

엄마　우린 이웃도 아녜요. 이래서는 안 되는 건데. 참 무심했네요, 우리가.

아빠　우리 호민이 보기 부끄럽네요.

엄마　그러게요.

아빠　앞으로는 다르게 살겠다고 각오도 다짐도 참 많이 했었는데.

엄마　이렇게 간사한 존재인가요, 인간이?

아빠　얼마나 야속했을까요. 아라네.

엄마　아직도 울고 계시다니! 우린 왜 못 들었을까요, 그 울음소리?

아빠　외면하고 싶었나보죠. 귀찮다, 피곤하다, 그만하자. 내 일 아니라고. 남의 일이라고.

엄마　그랬던 걸까요? 아, 부끄러워라!

아빠　호민이 귀에는 들린다잖아요.

엄마　들리는 게 아니라 들은 걸 거예요. 들으려고 한 걸 거예요.

아빠　네?

엄마　안타까워하잖아요. 측은해하잖아요. 그리워하잖아요!

아빠　그래서 들을 수 있었던 거구나. 들으려고 귀를 기울였구나. 우리 호민이가.

엄마　이런 게 사랑의 신비인가요.

아빠	사랑의 힘이겠지요.

호민 어머니는 따뜻한 눈길로 호민이를 바라봅니다. 기특한 듯 가슴에 꼭 안아줍니다. 아버지는 호민이의 머리를 쓰다듬어 줍니다.

엄마	우리, 아라누나 불러볼까?
호민	네, 엄마.
엄마	우리 옷 내다 걸자. 바람에 날리지 않게 잘 걸자.
호민	좋아요, 엄마.
엄마	옷장에 가서 하나 꺼내 올래.
호민	네.

기분이 좋아진 호민이는 날듯이 뛰어가서 노랑 스웨터를 골라 옵니다. 아버지는 옷걸이를 찾아옵니다.

엄마	어, 이거 할머니가 사 주신 새 옷이네.
호민	이걸로 할래요. 이게 제일 따뜻해 보여요.
아빠	날아가면 어쩌려고?
호민	아라누나가 입고 갔다는 증거니까 더 좋잖아요.
엄마	그래. 호민이 생각대로 하자.
아빠	자, 이제 걸까.
호민	네. 어서 걸어요.

호민이 아버지는 베란다에 옷걸이를 든든하게 맵니다.

호민   엄마.

엄마   응.

호민   나 뜨개질 가르쳐주세요.

아빠   사내아이가 뜨개질은 배워 뭘 하게?

호민   내년에는 내 손으로 직접 뜰래요. 스웨터.

엄마   네가.

호민   네.

엄마   그래. 엄마랑 같이 뜨자.

아빠   나도.

엄마   당신도요.

호민   좋아요.

엄마   자, 우리 기도하자. 아라누나 어서 오라고. 무척 보고 싶다고. 와서 새 옷, 따뜻한 옷 입고 가라고.

세 가족은 눈을 감고 기도합니다. 마음속으로 크게, 크게 아라누나를 외쳐 부릅니다.

호민   아라누나. 춥지 않아요? 어서 와서 따뜻하게 옷 입고 가요. 아라누나 꼭 와야 돼요. 나는 누나가 수학여행 선물하고 생일선물 사올 때까지 늘 기다릴 거예요. 보고 싶어요, 누나!

엄마   누나 꼭 올 거야. 와서 호민이가 걸어 놓은 옷 따뜻하게 입고 갈 거야.

호민	엄마, 아빠. 나 생일선물 따로 안 주셔도 돼요.
엄마	응?
아빠	롤러블레이드는?
호민	이거로 받은 거로 할게요. 생일선물. 진짜 선물은 아라누 나에게 받을래요.
아빠	아라누나가 언제 올 줄 알고?
엄마	안 주면 어떡하지?
호민	올 때까지 기다리면 되죠. 줄 때까지 기다리면 되죠.
아빠	기특하기도 해라. 우리 아들 참 훌륭하다.
엄마	아이고 누굴 닮아 이렇게 예쁜고.
호민	헤헤! 엄마!
아빠	엄마만? 이거 서운한데!
호민	아빠도요. 헤헤!
아빠	하하-!
엄마	호호-!
호민	헤헤-!

5

호민이네 집에 노랑 스웨터가 걸린 다음 날입니다. 동네 아주머 니들의 입을 타고 호민이 옷 얘기가 벌써 온 동네에 퍼졌나봅니다. 위층에도 옷이 걸립니다.

위층2　호민이 참 기특하네. 어린 것이 어떻게 그런 생각을 했을까?

위층1　그러게. 그렇게 멀리서 어떻게 울음소리를 들었을까?

위층2　남다른 귀를 가졌나봐. 초능력.

위층1　'세상에 이런 일이'에 전화해야겠다.

위층2　아유, 애들 믿음대로 정말 여행 간 애들이 다 돌아오면 얼마나 좋을까.

위층1　그러게. 난 눈물바다가 제일 싫어. 이젠 바다가 싫어졌어. 아니, 무서워졌어.

위층2　저기 봐. 저기도 노랑 스웨터가 걸렸네.

위층1　우리가 너무 무심했지!

위층2　그러게. 얼마나 됐다고 그새 깜빡 잊어버렸네.

위층1　부끄럽다.

위층2　미안하고.

위층1　가만 있어봐. 우리 집에 노랑 옷이 있으려나.

옷을 찾으러 들어갑니다.

6

이튿날. 노랑 스웨터는 이 골목 저 골목에 점점 더 많이 걸립니다. 꽃소식처럼 퍼집니다. 꽃향기처럼 골목골목에 스며듭니다. 온 도시가 꽃향기로 가득 찰 때 까지 퍼집니다.

7

슬픔이라는 꽃은 달맞이꽃과 사촌지간이라 밤새 활짝 피었다가 아침이 되면 시들어버립니다.

8

이른 새벽. 아직 한참 꿈속에서 놀고 있어야 할 호민이가 엄마, 아빠를 찾습니다.

호민 엄마! 엄마! 아빠! 아빠!

호민 어머니는 피곤한 하루를 보낸 터라 눈을 뜨지 못합니다. 호민이는 엄마를 흔들어 깨웁니다.

호민 엄마! 엄마!
엄마 응? 왜?

호민 어머니는 겨우 눈을 비빕니다.

호민 안 들려.

엄마 뭐라고?

호민 안 들려.

엄마 안 들려? 왜? 왜?

호민 어머니는 정신이 번쩍 듭니다. 그 충격에 호민 아빠도 눈을
비비며 일어납니다.

아빠 뭐야? 왜 그래?

엄마 안 들린대요. 호민이 귀가 갑자기 안 들린대요.

아빠 왜? 갑자기 왜? 병원 가자. 여보, 어서 준비해요.

호민 아빠도 놀라 호민이를 잡아끕니다.

호민 아니. 귀가 안 들리는 게 아니고 울음소리가 안 들려요.

아빠 그래. 안 들리잖아. 뭐해 얼른 병원 가야지. 어서 옷 입어.
애 옷 좀 챙겨요.

호민 아라누나네. 울음소리가 안 들려요. 그쳤어요.

엄마 안 들려? 정말 그쳤어?

호민 네. 어저께도 들었는데, 오늘은 안 들려요.

아빠 정말 안 들려?

엄마	아라누나가 왔나보다.
호민	정말이요?
엄마	그래. 아라누나가 왔구나.
호민	와!
아빠	와우!

호민이와 아버지는 기쁨을 담아 손바닥을 마주칩니다.

호민	아라누나가 정말 왔네! 우리 누나가 정말 왔어!
엄마	이제 아라네도 잠을 좀 자겠구나!
아빠	그러게 편히 좀 잠들면 좋겠다.
호민	엄마, 나 졸려!
엄마	그래, 우리도 더 자자. 우리 착한 호민이도 이제 푹 자렴. 그동안 얼마나 잠을 설쳤을까, 우리 애기.
아빠	그래. 아라누나네 울음 그쳤으니까, 호민이도 걱정 내려놓고 편히 자. 푹 자.
호민	네.
엄마	이리 와!

호민이는 엄마와 아빠 사이를 파고듭니다. 엄마의 품은 언제나 따뜻하지만, 오늘은 더욱 따뜻합니다.

호민	도롱- 도로롱-!. 도롱- 도로롱-!

이상한 소리에 호민 어머니와 아버지가 눈을 뜹니다. 어느새 잠에 빠진 호민이가 코고는 소리입니다.

호민	도롱- 도로롱-!. 도롱- 도로롱-!
엄마	어머, 애 코고는 것 좀 봐요.
아빠	도롱- 도로롱-! 도롱- 도로롱-! 하하하-!
엄마	호호호-!
아빠	우리 아들 그동안 얼마나 잠을 설쳤으면!
엄마	그러게요. 얼마나 피곤했으면. 호호호-!
아빠	하하하-!

호민 어머니와 아버지는 이제 겨우 여덟 살 맞은 코골이 아들을 보고 있자니 안쓰럽기도 하고 우습기도 해서 자꾸만 웃음이 터집니다. 그 웃음소리가 들리지도 않는지 호민이는 신나게 코를 곱니다.

호민	도롱- 도로롱-!. 도롱- 도로롱-!
아빠	도롱- 도로롱-!. 도롱- 도로롱-!
엄마	당신은 드릉- 드르렁-! 호민이는 도롱- 도로롱-! 호호호!
아빠	나는 드릉- 드르렁? 우리 아들은 도롱- 도로롱? 하하하!
엄마	나도 오늘은 코 좀 골아 볼까. 드릉, 드르렁! 도롱, 도로롱! 호호호!
아빠	하하하!

웃음꽃 핀 호민이 가족 위로 잠이 쏟아집니다. 모두 깊은 잠에
빠질 때, 막 내립니다.

– 막 –

두 남편을 둔 여자

등장인물
여자
역사 歷史

때
지금

장소
미용실

무대 전면 중앙은 미용실이다. 미용실을 둘러싸고는 좌측으로부터 후면 중앙까지가 감방監房, 우측으로부터 후면 중앙까지가 정신병실이다. 후면 중앙에 미용실 출입문이 있고, 좌우 벽에는 창窓이 달린 출입문이 나 있다. 미용실 문 앞과 좌우 벽 뒷면 사이에 보이지 않는 통로가 숨겨져 있다. 각각의 창 바깥쪽에는 창살이 설치되어 있다. 정신병실에는 침대가 놓여 있다. 미용실에는 미용 의자와 작업대가 자리하고 있다.

관객 입장 시작하면, 공연장에 주제곡, "아리 아리랑" 잔잔히 흐른다.

공연장 어두워지면 잠시 실시간 텔레비전 뉴스 아나운서의 목소리가 흐른다.

무대 밝아지면, 역사가 수인囚人의 모습으로 감방 창을 잡고 외치고 있다. 여자는 손님을 미용하고 있다. 파마하는 중이다. 미용에 몸을 맡긴 손님이 사람인지 마네킹인지, 여자가 실제로 미용하는 것인지 연습하는 것인지 분별하기가 쉽지 않다. 아니, 어느 쪽이어도 상관없다.

역사 이거 너무하잖아. 이러지 말랬잖아. 이러는 건 수인에 대한 예의가 아니지. 뭐 어려운 부탁이라고 그거 하나를 못 들어주나. 교도소가 너무 청결하다고. 청소, 살균 좀 작작하라고.

여자 호호호. 호호호.

역사 죄인에게 이렇게 쾌적한 환경을 제공해서야 되겠어. 이건 과잉청결이야. 이래가지고 수인들 정신 차리겠냐고. 교도소가 이렇게 쾌적해서야 수인 교정 되겠냐고. 교정제도 수정하라. 수인에 대한 처우 개선하라. 교도소를 교도소답게. 수인을 수인답게.

여자 얼씨구.

역사 모기의 면회를 허하라. 바퀴와의 동거를 자유화하라. 자유화하라.

여자 자유화하라. 자유화하라. 심심해서 못살겠다. 호호호. 호호호. 잘한다. 미안. 미안. 병원 가서 고칠 병 아니라니까. 약 먹어서 나을 병이면 벌써 나았게.

역사 모기에 물린 지 오래 됐다. 헌혈의 권리를 보호하라. 모기와의 면회를 보장하라. 바퀴와 대화한 지 언제 더냐. 적적해 못살겠다. 바퀴와의 동거를 허하라. 동거를 보장하라.

여자 허하라. 허하라. 호호호. 정신병인지 신통력인지. 눈앞에 선명해. 귓속에 분명해. 아니. 힘들어. 피곤해. 불편해. 남의 운명 점쳐줄 그런 능력은 아니라니까. 호호호. 하긴 그런 능력이면 좋겠다. 갓 신 내림. 신점 삼만 원. 아쉽다. 호호호. 누구? 선녀? 어디? 용궁신당? 엊그제 갔다 온 데는 성에 안 차? 당사자 의견이 중요하지. 미연이 반응은 어때? 흔들리는 거 같아? "사랑은 움직이는 거야." 그런 말

있잖아. "사랑이 변하니." 그런 말도 있고. 움직이든 견고하든 사랑 마다 속사정이 있다는 거겠지. 정답 있겠어. 미연이 결혼이다. 너무 강요하지 마. 우리? 희주야 잘 준비하고 있지. 좋은 눈치야. 우리야 준비랄 거 있나. 신랑 측에서 다 알아서 준비한다니까. 어디 보통 집안이라야지. 따라 할 형편도 아니고. 희주에게 미안할 따름이지 뭐. 신부 입장? 요즘 애들이 아빠 손잡고 들어가나. 그거 촌스러운 풍경 된지 꽤 오래잖아. 친아버지? 희주가? 하긴 혈육에 안 끌리면 그것도 이상한 거다. 희주 말로는 자기에겐 아빠가 세 분이래. 호호호. 몰라, 나도. 내 남편이 그렇게 많았나. 제 아빠도 아닌데. 누구를 아빠라 생각하는지. 그러면 뭐해. 결혼식에 참석할 수 있는 아빠는 한 명도 없는데. 미연이는? 아니지. 미연 아빠 생각은 어때? 멀쩡한 아버지 두고 신랑 팔짱 끼고 입장하겠다는 딸이면 호적 파라하겠지? 미연 아빠 성격엔 방에 처박혀 단식 투쟁하겠는데. 호호호. 설레겠다. 벌써 연습을 해? 자기 남편 결혼식 중에 울 거 같지 않아? 백퍼센트? 호호호. 이의 없음. 절대 공감.

주제곡 흐른다.
역사, 광인의 모습으로 병실 바닥을 기어 다니며 외치고 있다.

역사　길을 열어주십시오. 결혼식장에 가야 합니다. 신부가 기다리고 있습니다. 나는 결혼식장에 가야 합니다. 더 이상 신부를 기다리게 해서는 안 됩니다. 30년째 홀로 서서 신랑을 기다리고 있습니다.

여자 왜 이렇게 늦어요. 빨리 와요.

역사 바리케이드를 치워주십시오. 철문을 열어주십시오. 수갑을 풀어주십시오. 나는 신부에게 달려가야 합니다. 신부가 기다리고 있습니다. 하객 모두 떠난 자리에 30년 동안 홀로 서서 기다리고 있습니다.

여자 왜 안 와요. 언제 와요?

역사 신부가 들고 있는 꽃이 시들어 갑니다. 꽃이 마르기 전에 도착해야 합니다. 수갑을 풀어주십시오. 철문을 열어주십시오. 바리케이드를 치워주십시오.

여자 변심했나요. 다른 여자 생겼나요.

역사 아름다운 신부가 기다리고 있습니다. 스무 살 내 신부는 30년이 지났어도 스무 살. 꽃보다 아름답습니다. 어린 신부가 떨고 있을지 모릅니다. 불쌍한 신부가 울고 있을지 모릅니다. 당장 달려가야 합니다.

여자 사고라도 났나요? 다치기라도 했나요?

역사 그녀를 울게 해서는 안 됩니다. 눈물로 신부화장이 지워져서는 안 됩니다. 예쁜 얼굴, 고운 얼굴 눈물짓게 해서는 안 됩니다. 흐르는 눈물 신랑이 닦아줘야 합니다. 나는 결혼식에 가야합니다.

떨리는 여자의 손길에 머리를 맡긴 손님이 위태롭다.

여자 미안. 미안. 조심할게.

주제곡, 변주되어 흐른다.

여자 불쌍하지? 안됐지? 저 사람 때문에 늘 가슴이 아려. 그 사람? 아니. 저 사람? 응. 저 사람. 늘 이야기하잖아. 하긴 이상해. 그렇지? 느껴지는 걸 어떻게 해. 보여. 선해. 그러니까 그 사람이 아니고 저 사람이지. 내 눈 앞에 있어. 저기. 내겐 거기가 여기야. 그 때가 지금이고. 저기서 내게 말을 걸어. 어떻게 모른 체해. 안 보이는 사람에겐 거기, 보이는 사람에겐 저기. 안 보이면 그 남자, 보이면 저 남자. 맞아. 그 남자가 저 남자야. 저 남자가 그 남자. 미쳤냐고? 내가 미쳤으면 자기 목에 수십 번 칼 지나갔다. 어때. 나 미친 거 같아? 호호호. 호호호.

주제곡 흐른다. 역사, 흥얼거린다.

역사 아리랑 아리랑은 아라리더냐
아리랑 아리랑은 아라리더라

여자 고문 후유증. 정신이 망가진 거지. 나름의 생존 방법 아닐까 생각해. 마지막 피난처. 그냥 해보는 생각인데. 혹시 저 사람 미친 거 아니지 않을까.

역사 나 미쳤어.

여자 미친 척하는 거 아닐까. 안 미친 거 아닐까. 정신 멀쩡한 거 아닐까.

역사 나 제대로 미쳤다니까.

여자 헛소리에 뼈가 있어. 저 사람 나까지 속이는 중일까. 무서워. 아니 너무 슬퍼. 너무 불쌍해. 얼마나 힘들까. 얼마나 외로울까. 저 사람에 비하면 내 외로움 따위는 외로움이랄 것도 없지. 평생을 미친 사람 연기하며 살기로 한 거라면. 조명이 영영 꺼지지 않는 무대라면, 무대에서 내려올 수 없는 배우라면. 삶 자체가 연기인 인간은 얼마나 고통스러울까. 그 긴장감을 어떻게 견뎌낼까. 그 연기를 어떻게 준비할까. 연기인가 의심하는 눈길을 어떻게 설득할까.

역사 미치면 괜찮아. 할만 해.

여자 배우라면 최고의 배우겠지. 관객을 속이는 저 사람은 행복할까. 자신의 연기에 만족할까. 커튼콜이 용납되지 않는 연기는 누구에게 박수를 받지. 나는 알겠어. 나는, 나는 저 사람이 연기한다는 거 느낄 수 있어. 나는 알 것 같아. 저 사람이 왜 저러는지. 뭘 하려는지. 확신해. 그렇다고 박수칠 수는 없잖아. 저거 다 거짓이다, 연기다. 고발할 수 없잖아. 오직 마음으로만 응원할 뿐이야. 저 사람이 연기하듯 나도 연기하는 거야. 관객 역할 충실히 하는 거야.

역사　소리 없는 박수. 고마워.

　　　역사, 커튼 콜 하듯 인사하고, 자신만의 연기 세계에서 퇴장한다.

여자　박수갈채를 포기한 연기. 찬사 대신 모욕을 감내해야만
　　　하는 배우. 내 앞에서 마저 저렇게 완벽하려는 노력. 그래
　　　서 더 아파. 밉지 않다면 거짓말이지. 차라리 진짜 미쳤다
　　　면 다행일까. 아니다. 그건 더 불쌍하다. 미친 사람은 희
　　　극의 주인공이라지만 미친 사람이 연기하는 거든, 미친듯
　　　미친 사람을 연기하는 거든, 절대 희극일 수 없어. 이건
　　　희극 같은 비극이야. 희극의 얼굴을 한 비극이야.

　　　주제곡, 변주되어 흐른다.
　　　역사, 수인의 모습으로 감방에서 외친다.

역사　나는 정부의 아파트 정책에 반대한다. 아파트 건립에 반
　　　대한다. 정부는 아파트 정신을 포기하라. 아파트를 해체하
　　　라. 아파트를 폭파하라.
여자　난 아파트 갖고 싶은데.
역사　정부는 내 머릿속에 아파트 건립을 중단하라. 내 머릿속
　　　에 우뚝 선 아파트를 철거하라. 아파트화 된 내 정신, 아파
　　　트화 된 내 삶을 해체하라. 나는 정부의 아파트 정신에 반
　　　대한다. 아파트 정신을 포기하라. 가르고, 가르고, 가르고,

가르는 아파트. 쪼개고, 쪼개고, 쪼개고, 쪼깨는 아파트. 정부는 아파트 정책을 폐기하라. 아파트를 폭파하라. 아파트된 내 영혼 회복시켜라. 좌우로 가르고, 남북으로 가르고, 동서로 가르고, 남녀로 가르고, 부자와 가난한 사람으로 가르고, 늙은이와 젊은이로 가르고, 수도권과 지방으로 가르고, 'SKY'와 '지잡대'로 가르고, 고학력과 저학력으로 가르고, 귀족과 서민으로 가르고, 사업주와 노동자로 가르고, 정규직과 비정규직으로 가르고, 예쁜 여자와 못생긴 여자로 가르고, 잘난 사람과 못난 사람으로 가르고. 가르고, 가르고, 가르고, 가르고, 가르가르가르가르⋯ 가르지 않고는 못 배기는 가름쟁이, 가름병자.

여자 숨넘어가겠다.

역사 정부는 아파트 정신을 파기하라. 아파트를 철거하라. 아파트로 분열된 내 영혼을 온전하게 돌려놓아라. 돌려놓아라.

여자 직업이 혁명가인 저 사람은 하는 일이 늘 저런 것. 자기 일에 참 충실한 사람. 그래서 존경스런 사람. 희주가 흥미 있어 하는 사람. 혁명가는 미친 소리 하는 놈이고, 미친놈은 미쳐서도 혁명하겠다는 놈이고. 저 놈이 내 남편이고. 하나도 아닌 둘이고. 호호호. 호호호.

주제곡 흐른다. 여자, 흥얼거린다.

여자 아리랑 아리랑은 아라리더냐

아리랑 아리랑은 아라리더라

여자 없다고는 할 수 없지. 몰라. 얼마나 자주 면회를 가는지. 말을 안 해. 내 생각해서 그러는 건지. 캐묻기도 그렇고. 어떻게 영향을 안 받겠어. 솔직히 말하면 희주는 내가 키운 거 아냐. 누구긴. 아빠들이 키웠지. 은근 아빠를 자랑스러워하는 거 같더라고. 걔 보고 있으면 정신적 측면이 얼마나 중요한가 생각하게 돼. 친부모에게 버림을 받아서 그런가. 혈육. 그런 거엔 무심해. 훌륭한 사람들 존경하는 마음이 강하고. 그 삶을 본받으려 노력하는 게 보여. 그게 희주의 공부방법 아닌가 싶어. 참 다행이다 생각해. 그런 면에 놀라기도 하고. 물론 안쓰럽지. 처음에는 가슴 많이 쓰리더니 어느 때부턴가 오히려 다행이다 싶더라고. 참 지혜로운 아이구나. 그래서 나도 어른으로서 더 조심스러워지고. 이러다 딸에게 악영향 끼치지 않을까. 멸시받지 않을까. 내게 실망하지 않을까, 더 노력하게 되더라고. 부끄러운 엄마 되지 말자. 부모만 자식 키우는 것 같지. 자식도 부모 키워. 아이들 눈 잘 살피면 부모라고 함부로 할 수 없지. 적당한 긴장감. 상호견제. 상호존중. 나도 애 많이 태웠지. 실망하면 어쩌나. 실패하면 어쩌나. 그러게. 그만하면 훌륭하게 키웠지. 호호호. 아니다. 잘 커줬다. 희주가. 여러 가지로 부족했는데. 해준 거 하나 없는데. 기특해. 고맙고 감사해.

역사, 광인의 모습으로 병실에서 읊는다.

역사　농구대통령은 허재, 축구대통령은.

여자　손흥민.

역사　차범근. 야구대통령은.

여자　이승엽.

역사　선동렬. 대한민국 대통령은… 대통령은 누구지? 누구더라? 누구입니까?

여자　누구죠.

역사　배구대통령은.

여자　김연경.

역사　피겨대통령은.

여자　김연아.

역사　사격대통령은.

여자　몰라.

역사　진종오.

여자　아, 진종오.

역사　대한민국 대통령은… 대통령은 누구지? 누구더라? 누구입니까?

여자　누구더라.

역사　자전거대통령은.

여자　호성이 아빠.

역사　엄복동. 바둑대통령은.

여자	조….
역사	이창호,
여자	조….
역사	낚시대통령은.
여자	이덕화.
역사	박진철.
여자	이경규.
역사	대한민국 대통령은… 대통령은 누구지? 누구더라? 누구입니까?

역사, 주제곡 흥얼거린다.

역사   아리아리 아리랑은 사랑이더냐
아리아리 아리랑은 사랑이더라

여자   친아빠? 희주 아빠는 나와 헤어지고 다른 여자와 결혼했어. 희주는 그 남자와 그 남자의 첫 아내 사이에서 태어난 자식이거든. 그러니까 남편의 전처 자식을 달가워라 하겠어. 나? 나야 뭐. 난 본래 미친년이고. 호호호. 호호호. 그렇지. 혈연으로야 아무 관계도 아니지. 따지고 뭐고 할 것도 없는 사이. 간단해. 내가 그 남자와 이혼할 때, 아니. 나한테 떠맡긴 건 아니고. 내가 그러자 했어. 희주가 나랑 살고 싶대. 친엄마가 자기를 버렸다고 생각했겠지. 이혼하면서 아빠에게 떠넘기고 갔으니까. 그럼 어째. 나하고 살고 싶다는데. 나더러 엄마가 되어달라는데. 그 애절한 눈빛 봤으면 자기도 거절 못했을 거다. 확 결심했어. 내가 엄마다. 아이가 필요로 하는 사람이 부모가 되어줘야 한다는 게 내 생각이었어. 가족 말고 가정. 혈연관계 말고 정서적 관계. 팔자 말고 선택. 그렇게 내 딸이 된 거야. 겉은 전혀 다르지만 속은 쏙 빼닮았지. 콩가루 집안? 호호호. 그렇게 따지면 콩가루가 우리 집안을 못 당하지. 호호호. 가능합니다요. 세상에 이런 일이 종종 일어나기도 합니다요. 첫 남편? 이혼? 아니. 사별. 사고. 사고로 위장한 살인이라는 게 적확하지. 혁명을 꿈꾸던 사람. 미친놈. 거기까지. 더 알려고 하면 다칩니다요. 그걸 애한테 뭐 하러 얘기해. 받아들이기도 어려울 거고. 세상 너무 비관적으로 볼까 염려도 되고. 희주에게는 비밀. 알고 있을 거라고?

주제곡, 변주되어 흐른다.
역사, 광인의 모습으로 병실에서 요술을 부리고 있다.

역사　우랑바리나바롱 못따라가뿌라냐.

여자　우랑바리나바롱.

역사　소고기를 샀습니다. 돼지였습니다. 소고기 값을 냈는데 돼지고기를 줬습니다. 이것은 소고기인가, 돼지고기인가. 돼지고기를 소고기로 팔았으면 그것은 소고기랍니다. 돼지고기를 소고기 값으로 샀다면 그것은 소고기랍니다. 법이 그렇답니다. 우랑바리나바롱 못따라가뿌라냐.

여자 우랑바리나바롱 못따라가뿌라냐.

역사 누가 돼지고기를 소고기 값에 사느냔 것입니다. 판 사람이 소고기로 팔았으면 소고기랍니다. 소고기니까 소고기 값을 받지 않았겠느냐는 겁니다. 소고기로 알고 먹으면 소고기랍니다. 소고기로 믿고 먹으면 아주 맛있는 소고기랍니다. 법이 그렇답니다. 우랑바리나바롱 못따라가뿌라냐.

여자 법을 고쳐야 돼. 법을.

역사 내가 산 돼지고기가 소고기로 둔갑했습니다. 주인이 판 소고기가 돼지고기로 둔갑했습니다. 소고기 먹고 싶으면 돼지고기를 사야합니다. 돼지고기 먹고 싶으면 무슨 고기 사야 되나요. 아, 소고기를 돼지고기 값에 주는 가게를 찾으면 되겠습니다. 어디 있습니까. 그 가게. 돼지고기 값에 소고기 주는 정육점 나와라. 우랑바리나바롱 못따라가뿌라냐. 얏.

여자 얏.

역사 소고기 먹고 싶을 때 소고기 먹고, 돼지고기 먹고 싶을 때 돼지고기 먹고 싶습니다. 일그러진 법 좀 바로잡아 주십시오.

여자 소고기 먹고 싶어 저러나. 그 맛 기억이나 하려나. 소고기 먹고 싶다. 돼지고기 사러 가야지.

여자, 주제곡 흥얼거린다.

여자 아리아리 아리랑은 사랑이더냐
아리아리 아리랑은 사랑이더라

여자 애가 어려서 자꾸 놀림을 받고 돌아와. 머리끄덩이 붙잡
히고 맞고 들어오는 날이 허다해. 애들이 친엄마 아니라
는 거 알고 괴롭힌 거지. 아버지는 감옥에 가 있고. 어떻게
알았겠어. 엄마들이지. "어울리지 마라. 같이 놀지 마라."
내가 많이 속상해하니까 그 다음부터는 애들을 때리고 들
어오더라고. 잘한다 하긴. 엄마 무릎 꿇고 비는 거 보더니,
그 다음부터는 싸움 자체를 안 해. 아니, 안 한 척하는 게
아니라 안 하더라니까. 엄마 불편한 일, 엄마가 입장 곤란
해 일은 안 하겠다는 거였겠지. 어린게. 그때 번쩍하더라
고. 얘가 내 생각을 다 뚫어보네. 얘가 나를 돌보네. 얘가
내 체면을 지켜주네. 얘가 가문의 품격을 고민하네. 어려
도 사람이구나 싶더라고. 우리는 끈끈하게 얽혀있구나. 둘
이면서 하나로구나. 셋이면서 하나로구나. 온전한 가족이
구나. 덕분에 나도 많이 변했지. 조금 더 성장했다고나 할
까. 내가 얘 엄마요, 내가 희주 엄마다. 확실히 하게 됐어.
애가 잘하면 칭찬 즐기고, 애가 실수하면 내가 엄마요, 제
잘못입니다. 질책 달게 받고. 책임지는 자세로 살기로 했
지. 책임공동체라고 할까. 서로가 서로를 위해 조심하고

배려하고 책임지고 최선을 다하는 밥상공동체. 희주의 변화가 보이더라고. 아니. 애어른하곤 달라. 그랬다면 많이 안타까웠을 텐데. 다행히. 성격형성이라고 할까. 남 눈치 보지 않고 당당해. 자기만의 스타일을 추구해. 멋져.

역사, 광인의 모습으로 병실 침대에 누워 뒤척이다가 벌떡 일어나 짜증낸다.

역사 피곤합니다. 피곤합니다. 잠을 잘 수가 없습니다. 예수가 나를 귀찮게 합니다. 예수가 내게 기도를 합니다. 내게 소망을 빕니다. 밤낮없이 기도합니다. 시도 때도 없이 기도합니다. 해도 해도 너무합니다. 일은 안 하고 기도만 합니다. 그 기도 들어주려니 참 힘듭니다. 참고 들어주려니 정말 죽을 지경입니다. 예수는 자기가 교회에서 쫓겨났다고 푸념합니다. 잘 좀 하지. 어쩌다. 날더러 어쩌라고. 예수는 내게 사랑하게 해달라고 기도합니다. 사랑 따위야 자기가 알아서 해야 하는 거 아닙니까. 사랑. 그게 그렇게 간단한 게 아니라는 건 잘 압니다만 자기들 사랑에 내가 어떻게 끼어듭니까. 참 어려운 걸 원합니다. 예수는 내게 화평하게 해달라고 기도합니다. 자기들끼리 화평하면 될 일을 왜 내게 소원하는지 모르겠습니다. 기도하는 마음이 하도 애처로워 어떻게든 다 들어주고 싶습니다만, 사실 내가 해줄 수 있는 일은 기도 들어주는 일 말고는 아무것도 없습니다. 내가 요술사도 아니고 뭘 어쩐답니까. 매달려 기도하는 예수에게 해줄 말은 스스로 해결하라는 말 밖에 없습니다. 참 민망하고 미안할 따름입니다. 가엾습니다만 내 능력의 한계가 이것밖에 안 되니 안타깝게도 어쩔 수 없습니다. 그저 마음 깊은 곳으로부터 응원할 뿐입니다. 잘 좀 해. 파이팅! 그리고 이젠 기도 좀 그만했으면 좋겠습니다. 소원 좀 그만 빌었으면 좋겠습니다. 다 큰 어른이 좀 알아서 잘 해결했으면 좋겠습니다. 잠 좀 자게 내버려 뒀으면 좋겠습니다.

역사, 주제곡 흥얼거린다.

역사　십리고 백리고 사랑 쫓는 님아
　　　　십린들 백린들 아니 배웅 못하리

여자　잘 알잖아. 학원을 제대로 보내줬어, 책을 제 때 사줬어. 친구들 한 참 멋 부릴 때 재활용 옷이나 구해다 입히고. 언제였더라. 그래. 미연이 새 옷 입고 학교 갔던 날. 집에 돌아와 "오늘 미연이 예뻤어." 하더라. 그러곤 안 보여. 자기 방 옷장 속에 들어가 서럽게 울더라고. 나도 내 방 장롱에 처박혀 같이 울었지. 그 꼴을 아빠라는 사람이 봤다면 아마 바로 도적질, 강도질하러 뛰쳐나갔을 거야. 감옥에 있는 게 다행이지. 정신병원에 있는 게 다행이지. 호호호. 알지? 희주 옷 입는 센스 좋은 거. 싸구려로 멋 내는 센스. 희주가 입으면 다 비싼 옷이려니 오해하더라. 그게 다 역사가 있는 거야. 가난이 주는 선물. 궁하면 통하는 창조의 원리.

역사, 수인의 모습으로 감방에 누운 채 외친다.

역사 "나 좀 깨워줘. 나 좀 일으켜줘." 와불臥佛이 외칩니다. 와불을 깨워야 합니다. 와불이 깨어나야 중생이 잠들 수 있습니다. 와불이 일어서야 중생이 편히 누울 수 있습니다. 와불을 깨웁시다. 와불을 일으켜 세웁시다.

여자 일어나.

역사 안타깝게도 와불은 스스로 일어나지 못합니다. 와불은 잠보입니다. 잠이 깊어서 혼자는 못 깨어납니다. 잠자는데 익숙해서 때와 장소를 가리지 않습니다. 한데서도 잘 잡니다. 산속에서도 두 다리 쭉 펴고 편안하게 잘 잡니다. 눈비가 내려도, 이슬서리를 맞아도 개의치 않습니다.

여자 와불은 좋겠다.

역사 와불은 일어나고 싶습니다. 잠보이지만 깨어나고 싶습니다. 와불의 눈꺼풀이 붙어버렸습니다. 눈곱으로 산사태가 날 지경입니다. 턱 괴고 있는 팔은 마비로 굳어버린 지 오래입니다. 등허리는 욕창에 썩어가는 지 오래입니다.

여자 나도 욕창이 생기도록 누워 있어 봤으면 좋겠다.

역사   와불이 깨어나면 중생이 잠들 수 있습니다. 와불이 일어서면 중생이 편히 누울 수 있습니다. 와불을 깨웁시다. 와불을 일으켜 세웁시다.

여자   그만 자고 어서 일어나.

역사   와불은 어쩌다 누웠을까요. 누가 뉘었을까요. 자다보면 잠만 늡니다. 누워만 있다보면 일어나는 법을 잊습니다. 자는데 지쳐 또 자야합니다. 누워서 도 닦는다는 거 좀 민망하지 않습니까. 좀 의심스럽지 않습니까. 언제까지 누워있게 할 겁니까. 언제까지 내버려둘 겁니까. 잠에서 깨웁시다. 제대로 도 닦게 합시다. 제대로 일하게 합시다. 세상 한 번 바꿉시다. 천지개벽 이뤄봅시다. "나 좀 깨워줘. 나 좀 일으켜줘." 와불이 외칩니다. 와불이 애원합니다. 와불을 깨웁시다. 와불을 일으킵시다.

여자, 주제곡 흥얼거린다.

여자   십리고 백리고 사랑 쫓는 님아
       십린들 백린들 아니 배웅 못하리

여자   미연이가 지금까지 희주 단짝 되어준 거 참 다행이야. 고마워. 왜는. 자기 딸이잖아. 내가 자기 친구인 덕분인 건지. 미연이가 워낙 좋은 애라 그런 건지. 자기 말이 맞다. 둘 다다. 그렇지? 단짝이어서 그렇게 닮은 데가 많겠지.

친구끼리도 많이 배우겠지? 나? 난 자기한테 배울 거 별로 못 찾겠던데. 호호호. 뭐, 뭘 보고 배우라고? 어디가 좋아 닮으라고? 자기는 나랑 닮은 점 찾을 수 있어? 커피? 커피라면 대한민국 여성 예외 없지. 비빔국수? 인정. 닮은 것도 참 없다. 남편 잘 못 만난 거? 약간 애매한데. 내 비록 교도소, 정신병원에 남편을 두고 있긴 하지만 잘 못 만났다기보다는 이게 다 내 복이려니 생각해. 그리고. 자기가 왜 신랑을 잘 못 만나. 복에 겹다. 복에 겨워. 한 동네 사는 거? 중요한 공통분모다. 서로 친구 사이라는 거? 끼리끼리 만나니까, 그 이상 확실한 증거는 없다? 호호호. 친구 하나로 끝내버리는구나. 하긴 친구가 왜 친구겠어. "우리는 친구". 호호호. 호호호. 두 애들의 미래도 닮으려나? 모두 행복했으면 좋으련만. 미연이 행복 빌 때 우리 희주 행복도 빌어줘라. 당연하지. 난 이미 실천중이랍니다. 미연이 양육에 내 지분도 일부 있다는 거 잊지 마. 단짝의 엄마. 기여도 몇 퍼센트? 1%는 좀 심하지 않아. 3? 적어도 5%는 인정해줘야 되는 거 아냐. 미연이 성장에 희주 기여도는 10%. 서로 죽고 못 사는데 그 정도는 인정해줘야지. 아빠. 미연이가 아빠라면 자다가도 벌떡 일어나니까. 55%. 아이 키우는데 이웃 영향 무시하면 섭섭하지. 이웃 10%? 그러면… 엄마의 기여도… 20%? 호호호. 억울하기도 하겠다. 호호호. 호호호. 많이 서운하지? 가출? 가출 사유 될까 몰라. 된다. 호호호. 희주? 아빠 지분? 글쎄.

10? 곁에 없다고? 그보단 더 써야 될 걸. 20%? 더. 더. 더. 내 생각엔 55% 이상. 맞을 거야. 왜 몰라. 그 애 사는 모습을 보면 알지. 엄마보다는 아빠 영향력이 더 커. 꼭 바람직하다고만은 할 수 없는데, 내가 지는 것 같아 좀 서운하긴 하지만. 그렇게 기분 나쁠 일도 아니고. 그러네. 내 지분도 자기랑 별반 다를 거 없네.

역사, 주제곡 흥얼거린다.

역사   천리고 만리고 사랑 찾는 님아
         천린들 만린들 아니 마중 못 가리

역사, 광인의 모습으로 병원 침대에 누워 술주정한다.

역사   꽐라, 꽐라. 꽐라될 때까지. 부어, 마셔. 개 되는 거야. 떡
         되는 거야. 꽐라 되는 거야.
여자   속 괜찮겠어.
역사   고급 안주, 몸에 좋은 안주. 고급 주, 몸에 좋은 술. 술 산업
         일으켜 나라 경제 튼튼하게 세워야지. 밤에만 마셔서 나
         라 경제 살리겠어, 아침부터 저녁까지. 밤새워 새벽까지. 1
         차, 2차, 능력 있으면 3차. 올 데이, 올 나이트. 꽐라, 꽐라.
         꽐라될 때까지. 부어, 마셔. 술 잘 마시는 놈이 유능한 놈
         이지. 술의 힘이 나의 힘. 술의 힘이 국가의 힘. 술 마시며

일해야 일도 술술 풀리지. 맨 정신에 무슨 일. 딱딱해서 무
슨 일. 정 없어서 무슨 일. 부어. 마셔. 술이라면 자신 있다.

여자 자신 없는 것들이 술 자랑이지.

역사 술 한 잔 이면 못 풀 문제 없다. 공짜 술은 더 맛있고, 색시
가 따라주면 꿀맛이고, 접대 술이면 만사 오케이지. 어색
함 뭐로 바꾼다? 술로 바꾼다.

여자 (동시에) 술로 바꾼다.

역사 막힌 거 뭐로 푼다? 술로 푼다.

여자 (동시에) 술로 푼다.

역사 부어. 마셔. 무슨 일이든 꽐라 되고 시작하는 거야. 홀라당
벗어야 해결되는 거야. 난 제정신에 일 못하겠더라. 맨 정
신엔 손이 떨려. 입술이 말라. 혀가 꼬여. 눈에 초점이 풀
려. 술, 술 가져와. 술 안 마시는 놈들, 술 못 마시는 놈들,
꽐라공화국에서 다 꺼지라고 해. 부어. 마셔. 꽐라, 꽐라.
완벽한 꽐라천국 만들겠어.

주제곡, 변주되어 흐른다.

여자 미연이는 남자에 대해서 뭘 자주 물어? 아빠에게? 아빠한
테 물어볼 수 없는 질문도 있잖아. 아빠 어디가 좋아서 결
혼했냐고? 프러포즈 어떻게 받았냐고? 모든 여성의 고정
레퍼토리다. 호호호. 남자 유혹하는 법? 그건 좀 미연이답
다. 그래서 뭐라고 가르쳐줬는데? 호호호. 자기 자체가 매

혹덩어리어서 유혹 따윈 필요 없었다고? 자기답다. 자기다워. 자기가 미연이 친엄마라는 거 인정. 호호호. 희주? 초등학생 때는 자주 물었지. 왜 그렇게 이혼을 많이 했냐고. 나 이혼 두 번 밖에 안 했거든. 억울하다니까. 이혼 두 번, 결혼 세 번. 많나? 그래서는. 그냥, 뭐. 측은하지 않아서. 존경할 만한 구석이 하나도 없어서. 정의롭지 않아서. 비겁해서. 나 없어도 되겠다 싶어서. 가족 명예 짓밟아서. 가족 부끄럽게 만들어서… 라고는 못하고. 무슨 말인지 알아들을 나이도 아니고. 손버릇 나빠서, 자꾸 두들겨 패서 이혼했다고 둘러댔어. 그렇게 믿고 있을 걸. 왜 재혼했냐고 묻는다면? 그 반대로 말하면 되겠지. 안 때릴 것 같아서. 호호호. 호호호. 측은해서. 겁쟁이여서. 어딘가 허술해서. 이 사람 내가 품어줘야겠다 싶어서. 힘겨운 인생 뒷받침해주고 싶어서. 존경스러워서. 정의로워서. 남을 위해 헌신하는 삶이 갸륵해서. 마음이 따뜻한 사람이어서. 영적 교감이 되는 사람이어서. 자랑스러워서. 그 모든 게 사랑스러워서. 나에게도 희주에게도, 우리 사회 모두에게도. 왜 없냐. 있어. 교도소에. 정신병원에. 많아. 소개시켜 줘? 새 인생 한 번 시작해볼래? 가난? 외로움? 멸시? 그러게. 미처 그 생각을 못했다. 그 벌이지 뭐. 이 꼴로 사는 거. 호호호. 호호호. 갑자기 미안해진다.

여자, 주제곡 흥얼거린다.

여자　천리고 만리고 사랑 찾는 님아

　　　천린들 만린들 아니 마중 못가리

여자　미연이 남자 어때? 부모 입장에서. 보이는 거 있을 거 아
　　　냐. 다정한 거 중요하지. 예의바르면 미움 받을 일 없고.
　　　장수하는 집안? 유전자 중요하다. 미래를 생각하면 DNA
　　　생각 안 할 수 없지. 돈은 있는 집안이랬지. 뭐 하나 빠지
　　　는 거 없네. 사위 덕 좀 보겠다. 하긴 자기들 행복하면 됐
　　　지. 뭘 더 바래. 희주도 몇 남자 만나본 거 같아. 남자들이
　　　그냥 놔두겠냐. 솔직히 희주가 좀 예뻐. 성격 밝지, 상냥하
　　　지, 친절하지, 이해심 많지. 똑똑하지. 호호호. 호호호. 자
　　　식 앞에선 어쩔 수 없이 팔불출이다. 그러는 자기는. 미연
　　　이 칭찬에 침 마르는 거 모르지. 자랑 심하다고 뒤에서 사
　　　람들이 흉보는 거 알려나 몰라. 잘 선택했겠지. 지금까지
　　　봐온 게 있는데. 자식이야 부모 닮는 게 순리이긴 한데. 워
　　　낙 똑똑한 애니까 엄마 인생 반면교사 삼지 싶어. 무엇보
　　　다 아빠 인생이 중요한 지침이 되어줄 거야. 굳이 바라자
　　　면, 좀 넉넉한 살림이면 좋겠고. 외롭게 하지 않는 남자였
　　　으면 좋겠고. 이해심 많은 사람이면 좋겠고, 다정다감한
　　　사람이면 좋겠고. 눈물 없는 삶이면 좋겠고. 호호호. 너무
　　　많은 걸 바라나? 미연이도 자기 생각 있겠지. 용궁을 다시
　　　찾아가든 용한 법사를 찾아가든 다 좋은데. 너무 강요하
　　　지는 마. 자기 딸 똑똑한 거 잘 모르지. 보면 아주 지혜로

워. 그러니까 믿어 봐.

역사, 감방에서 수인의 모습으로 창살을 부여잡고 외친다.

역사 정신 사납다. 네가 말하는 국민이 누구니. 나는 누구니. 나는 뭐니. 나는 국민 아니니. 국민의 뜻, 국민의 뜻 하는 네 말에 내 머리가 돈다. 네 말 같지 않은 수사에 내 이성이 마비된다. 너의 국민은 도대체 누구니. 나 말고 누구니. 네가 언제 내 말을 들었다고 국민의 뜻, 국민의 뜻 하니. 국민만 보고 간다더니 나는 안중에도 없니. 아, 정신 사납다. 나는 누구니. 국민도 못 되는 나는 뭐니. 내 뜻은 어디 갔니. 내 뜻은 도둑맞은 거니. 이젠 내 뜻이 뭔지 나도 모르겠다. 정신 사납다. 돌아버리겠다. 공허한 헛소리 집어치우고 내 뜻 살펴. 국민 뜻 똑바로 살펴.

주제곡, 변주되어 흐른다.

여자 지난번 머리하고 갔을 때 남편 반응 어땠어? 못 알아봐? 호호호. 남자들 다 그렇지 뭐. 글쎄 그렇다니까. 제 아내에겐 곰 같은 인간들이 남의 여자 머리에 꼽힌 콩알 만 한 머리핀까지 귀신같이 알아차린다니까. 이거 왜들 이래. 우리도 봐줄 남자들 많다고. 파이팅. 호호호. 호호호. 파이팅. 이번엔 특별히 상견례니까. 아름다움과 품격을 다 살려서 사돈에게 꿀리지 않게. 훈이네? 안 오는지 오래됐잖아. 솜씨? 왜 이래. 내 솜씨가 어때서. 적어도 이 골목에선 최고다, 라고 자부한다. 거기다 가격 저렴하지. 호호호. 하긴 가격이 솜씨 평가기준이라더라. 어째? 가격 좀 올려? 다른 가게로 튀겠다고? 내 처지 때문이지 무슨 문제겠어. 그래. 남편 잘 둔 덕. 교도소에 있다는 거 알면 그 중 40%는 발길 끊어. 저마다 정치성향이 있는 거지. 얘기하다 보면 생각이 부딪히는 지점이 생기거든. 불편하잖아. 자연히 멀리하게 되어 있어. 그나마 서로 욕 안 하고 다니면 그게 고마울 따름이지. 요즘 젊은 애들은 정치적 성향이 맞지 않으면 결혼 안 한다지.

역사, 감방에서 수인의 모습으로 외친다.

역사　내 딸 결혼한다. 전쟁을 멈춰라. 전쟁의 전자도 꺼내지 마라. 꿈에도 생각마라. 감히 전쟁 운운하는 놈 누구냐.

여자　누구야?

역사　그 용기로 네 무덤이나 파라. 전쟁하려는 정신으로 장렬히 자살하라. 죽고 싶거든 너 혼자 죽어라. 무슨 생각으로 전쟁이냐. 이기는 전쟁이 어디 있더냐. 모든 전쟁은 지는 전쟁이다. 전쟁은 시작과 더불어 진 것이다. 전쟁이 사람이 할 짓이냐. 전쟁은 미친놈이나 할 짓이다. 정신 차려라. 전쟁을 멈춰라. 전쟁은 미친 짓이다.

여자 미친 것들.

역사 전쟁 잘 한다고 자랑하지 마라. 칭찬하지 마라. 훈장 주지 마라. 내 딸 죽는다. 내 아들 죽는다.

여자 안 돼.

역사 네 딸 겁탈 당한다. 네 아내 강간당한다. 네 아들 팔다리 잘려나간다. 네 남편 머리 박살난다. 네 손녀 입 틀어지고, 네 손자 코 삐뚤어진다. 애기들 굶어죽는다. 노인들 살기 미안해 혀 깨물고 죽는다. 지구가 뒤집힌다. 온 세상 지옥 된다.

여자 안 돼. 안 돼.

역사 죽이거나 죽거나. 결국은 다 죽는 게 전쟁. 인간이고 문명이고 자연이고 공멸하는 게 전쟁. 미친놈들의 죽음의 파티, 전쟁. 내 딸 시집간다, 전쟁을 멈춰라. 내 아들 장가간다, 전쟁을 포기하라. 반전. 반전. No War. No War. 反戦. 反戦. Anti-guerre. Anti-guerre, 反戦. 反戦. Antikrieg. Antikrieg.

여자 No War. No War. 反戦. 反戦.

주제곡, 변주되어 흐른다.

여자 저 사람들 뒷바라지하기 위해서 결혼과 이혼을 해. 모르지. 또 몇 번을 더 하게 될지. 혼인신고? 법 따원 상관없고. 내 영혼의 동반자. 저 남자들 뜨거운 외조에 내가 작은 내

조로 답하는 거지. 내조? 특별한 거 없어. 나를 지키는 것. 저 사람 부끄럽지 않게, 허망하지 않게, 흔들리지 않게 나를 지켜내는 것. 나를 책임지는 것. 그게 저 사람의 삶에 내가 함께하는 방법. 그뿐이야. 호호호. 나 또 결혼한대도 너무 놀라기 없기. 응? 자기도? 정말? 호호호. 호호호.

스마트 폰 문자 송신 음향 들린다.

여자 잠깐만.

여자, 작업대 위에 놓인 스마트 폰에서 문자를 확인한다.

여자 희주. 그 남자와 결혼 안 하겠대. 놀라긴. 글쎄. 차인 건지 찬 건지? 마음 많이 상했겠다. 힘들겠다. 좀 울겠지. 울고 나면 좋아지겠지. 결혼이 뭔지 다시 생각해보겠지. 그렇게 성장하는 거겠지.

또 한 번 스마트 폰 문자 송신 음향 들린다.

여자 자기 문잔데. 확인해 보라고?

여자, 작업대 위에 놓인 손님의 스마트 폰에서 문자를 확인한다.

여자 미연이. 에헤. 얘들 왜들 이러냐. 친구 아니랄까봐. 별걸 다. 머리, 계속할래?

실시간 텔레비전 뉴스 아나운서의 목소리가 흐른다.
역사, 건물주의 모습으로 미용실 문을 열고 들어선다.

여자 안녕하세요.

역사, 서성대며 미용실을 둘러본다.

역사 딸 파혼했다면서요. 에이, 어쩌다가. 잘 좀 해보지. 쯧쯧.

역사, 다시 한 번 미용실을 휘둘러보고 나간다.

여자 뭐긴. 가게 빼라는 거지. 건물주 뜻은 아닐 거고. 그 뒤에 누가 있는 거지. 더 센 사람. 파혼에 얽힌 사람. 이게 희주의 선택이 얼마나 현명했는지를 반증하는 거야. 옳은 선택했네. 희주가 불행으로부터 빠져나왔는데 가게 쫓겨나는 게 대수야. 이게 내 삶이다. 다시 한 번 시작해보자. 머리 확 풀어버리고 삼겹살에 소주나 한 잔 하자.

주제곡 흐른다. 역사, 노래한다.

역사   아리랑 아리랑은 아라리더냐

아리랑 아리랑은 아라리더라

아리아리 아리랑은 사랑이더냐

아리아리 아리랑은 사랑이더라

십리고 백리고 사랑 쫓는 님아

십린들 백린들 아니 배웅 못하리

아리랑 아리랑은 아라리더냐

아리아리 아리랑은 사랑이더라

여자   저 사람이 즐겨 부르는 노래야. 이젠 내 노래이기도 하고.

여자, 노래한다.

여자   아리랑 아리랑은 아라리더냐

아리랑 아리랑은 아라리더라

아리아리 아리랑은 사랑이더냐

아리아리 아리랑은 사랑이더라

천리고 만리고 사랑 찾는 님아

천린들 만린들 아니 마중 못가리

아리랑 아리랑은 아라리더냐

아리아리 아리랑은 사랑이더라

역사와 여자, 함께 노래한다.

역사	십리고 백리고 사랑 쫓는 님아
여자	십린들 백린들 아니 배웅 못하리
역사	천리고 만리고 사랑 찾는 님아
여자	천린들 만린들 아니 마중 못가리
역사	아리랑 아리랑은 아라리더냐
여자	아리아리 아리랑은 사랑이더라
함께	아리랑 아리랑은 아라리더냐
	아리아리 아리랑은 사랑이더라

역사와 여자의 노래 끝나갈 즈음, 서서히 막 내린다.

– 막 –

하라비라 비하루

'본능적인 신음과 몸짓으로 노래하듯, 춤추듯'

등장인물

마리
해치
버들
소라
다래
마늘
촌장
회장
우완
좌완
포주
사제
선원들
동네사람들
수행원들
사내들
작부들
아이들
갈매기들

때

지금으로부터 얼마 전

곳

어느 작은 항구도시

1. 프롤로그 – 바다는

그 끝을 몰라 바다다
그 속을 몰라 바다다

물이라는 언어로 파도라는 역사를 쓰지만
인류는 아직 뜻을 다 헤아리지 못한다고

연인처럼 다정히 다가왔다 이별하듯 매정히 떠나가고
친구처럼 재미있게 놀아주다 배신하듯 돌아서고
어루만지듯 간질이다 집어삼킬 듯 달려들고

때로는 노래하듯, 때로는 춤추듯
때로는 잠자는 듯, 때로는 애를 끓이는 듯

시작인 듯, 끝인 듯
천국인 듯, 지옥인 듯
현실인 듯, 꿈인 듯

바다는

우리 곁에

살고 있다

이야기하고 있다

2. 마중과 배웅

잠자고 있던 바다, 마리와 해치, 마늘, 다래가 해변에 당도하자
잠에서 깬다.

밀물, 그들에게 달려든다.

그들, 밀물을 맞으러 나선다.

마늘, 염력을 모아 밀물에 명령한다.

마늘   여기까지!

바닷물이 마늘 발밑까지 밀고 들어온다. 마늘, 뒷걸음친다.

다래   여기까지!

밀물, 다래의 발 앞에서 멈춘다.

마늘   오늘 몇 물인데?

다래   그래서 퍽이나 훌륭한 뱃사람 되겠다.

마리   조용. 나 편지 쓴다.

마늘   남의 일기 베껴 쓰듯 매일 똑같은 편지. 받는 바다는 생각

안 하냐.

해치 바닷물한테 쓰냐. 바닷물은 편지지래도.

다래 너도 편지라는 것도 좀 써 봐라.

마늘 받을 사람도 없는데 뭐라고 써.

다래 왜 없어. 엄마, 아버지. 네가 좋아하는 솔이.

마늘 야, 우리 끝났다니까.

다래 그럼 나한테라도 쓰든가.

마늘 너한테? 뭐라고?

해치 싫으면 너한테라도 쓰던지.

마늘 나한테? 뭐라고?

마리 조용!

마늘 마리는 매번 뭔 사연이 저렇게 많을까.

마리 비밀.

다래 비밀 같은 소리하고 있네. 누가 모를 줄 알고. 저 봐라. 파
도 넘실대는 거 봐. 간지럽단다. 오글오글.

마리 네가 알긴 뭘 알아.

마늘 야. 네 편지 내용 모르는 사람 세상에 어디 있냐.

마리 에에에! 나 다 지웠다.

마늘 벌써 다 읽었다.

해치 야, 내 편지를 왜 네가 읽어.

마리 해치, 너까지.

다래 자기한테 온 건데 당연히 읽어야지. 편지 쓴 사람 성의를
봐서라도.

마리	다래 너. 아직 보내지도 않았다.
마늘	어떻게 나한테는 한 통을 안 쓰냐.
다래	나한테는 쓰는 줄 아니. 오직 해치뿐이지.
마리	그러는 너는.
해치	간다. 편지.

썰물, 끌려가기 시작한다. 아직 떠나기 싫은 듯 버텨보지만 인력에는 버틸 방법이 없다.

다래	편지 잘 배달해야 돼. 답장 기다리고 있을 게.
마리	너도 배 탄다며?
해치	아버지가 이제 시작하래.
마리	언제 출발해?
해치	모레.
마리	며칠이나?
해치	몰라. 이번엔 멀리 안 나간데.
마리	어려운 일 있으면 우리 아버지한테 말씀드려. 잘 가르쳐 주라고 내가 특별 부탁드릴게.
해치	말씀드리기 전에 먼저 아실 걸.
마리	조심해.
해치	염려 마.
마리	배 타는 게 뭔지 알아?
해치	걱정 돼?

마리　바다… 무섭지 않아?

해치　친해져야지. 빨리.

마리　바다 아니면 안 돼?

해치　난 바다가 좋아.

마리　나보다?

해치　어….

마리　나보다?

해치, 답을 찾지 못하고 자리를 피한다.

마리　야, 어디가?

마늘　저것들이 또.

마늘과 다래, 마리와 해치를 뒤쫓아간다.

3. 지진해일

파도 일렁이는 바다 한 가운데, 어선 한 척 떠 있다.

선원들 먼저 승선해 해치를 기다리고 있다.

해치, 설렘을 안고 배에 오른다.

어선은 경건한 분위기로 첫 배를 타는 해치를 위한 의례를 준비하고 있다.

선장　　자, 저쪽 보고. 절.

해치　　네?

선장　　첫 출항인데 인사드려야지.

해치　　네!

선원1　용왕님, 앞으로 저 좀 잘 봐주세요, 하고 빌어.

해치, 두 배 할 때, 다른 선원들도 마음을 모아 함께 절하며 기원한다.

선원2　출항 때마다 안전 지켜주세요.

선원3　출항 때마다 만선 이루게 해주세요.

선원4　늘 기도하는 자세로 배 타야 돼. 알았지?

해치   네.

선장   용왕님께 한 잔 올려야지.

해치   네.

해치, 잔을 양손에 받쳐 든다.

선장, 해치의 잔에 술을 따른다.

해치, 바다에 술을 뿌린다.

선원3   환영한다, 해치야.

선원들   환영한다.

해치   감사합니다. 앞으로 잘 부탁드립니다.

선장   자연 앞에서 무모하지 말고!

해치   네!

선원1   바다와 싸우려 하지 말고!

해치   네!

선원4   너무 욕심 부리지 말고!

해치   네!

선원2   좋아하긴.

선장   자, 그럼 새 선원을 싣고 출항해 볼까요.

해치   좋아요.

선장   출발합니다.

어선, 출발하자 해치는 나자빠진다.

선원들, 걱정하는 듯하다가 이내 웃음을 터트린다.

해치, 부끄러운 듯 뻘떡 일어선다.

해치	파도가 커요. 배가 많이 흔들려요.
선장	출렁거려야 바다지.
선원1	흔들려야 배지.
해치	그러게요. 헤헤.
선원들	하하하….
해치	우리 배는 어디까지 갈 수 있어요? 얼마나 오래 돌아다닐 수 있어요?
선장	바다가 받아주는 데까지.
선원2	바다가 허락하는 데까지.
해치	파도가 멋져요!
선원3	춤추는 거 같니?
선원4	노래하는 거 같아?
해치	네. 신나요.
선장	무섭진 않고?
해치	무섭긴요. 뛰어들어 물고기와 함께 헤엄치고 싶어요.
선원1	너도 천생 뱃사람이로구나!
해치	난 바다가 좋아요. 육지보다 훨씬 재미있어요.
선원2	재미있다고?
선원들	하하하… 하하하….
해치	빨리 가요. 멀리 가요.

선장	선장은 파도를 탈 줄 알아야 돼. 작은 파도는 작게, 큰 파도는 크게.
해치	작은 파도는 작게, 큰 파도는 크게!
선원1	그렇지.
선원4	금방 깨우치는데!
선원들	하하하… 하하하….
해치	와! 저기, 저기 봐요.
선장	어디?
해치	갈매기 떼요. 저기. 물고기를 쫓나 봐요. 저기로 가요.
선원3	해일이야!
선장	쓰나미다!
해치	쓰나미?
함께	오!

'아, 인간 문명은 자연의 힘 앞에 얼마나 초라한가!'

쓰나미, 어선을 삼켜버린다.

4. 멀미

철강회사 회장, 초토화된 어촌을 여기 저기 둘러보며 흐뭇한 미소를 짓는다.
수행원들, 그 미소에 즉각적이고 적극적으로, 그러니까 기계적으로 호응한다.

회장　　지난번 사태를 계기로.

수행원들　지난번 사태를 계기로.

회장　　여기, 내 고향은 축복의 땅으로 거듭날 것이다. 여기가 제3 철강공장 자리다.

수행원들　여기가 제3 철강공장 자리입니다.

회장　　밀어붙여!

우완　　차질 없이 진행하도록 하겠습니다.

돌아가는 회장 일행을 촌장 일행이 막아선다.

촌장　　오늘도 어선들은 출항했어.

회장　　삶의 터전을 싹 쓸어버리고, 가족까지 삼켜버린 바다에 무슨 미련들이 그렇게 많아.

촌장　　다시 살아봐야지. 이대로 죽지 않을 거면.

회장　　이제 뭍에 발붙이고 살아. 배 멀미에 그만 시달리고.

촌장　　바닷사람에게 배 멀미가 어디 있어. 육지 멀미가 문제지.

회장　　일자리 다 보장할게. 여긴 내 고향 아닌가. 함께 새 세상
　　　　　만들어 보자고.

촌장　　다시 생각해주면 안 되겠나. 같이 사는 방법도 있잖아.

회장　　가지!

　　　　　수행원들, 회장을 호위하며 길을 튼다. 촌장 일행, 저항하나 처
　　　　　량할 뿐이다.

5. 등대가 있던 자리

바다와 마을이 내려다보이는 언덕.
마리가 돌무더기를 쌓고 있다. 힘에 겨워 어설프다.

마리 하느님은 모든 인간에게 적어도 세 번의 기회를 주신다
죠. 아니에요. 세 번, 아니 두 번도 필요 없어요. 저는 이번
한 번에 몰아 쓰겠어요. 이 소원에 다 걸겠어요. 제발 살려
주세요. 돌려 보내주세요.

우완이 다가와 돌무더기를 헤친다.

우완 이제 이 마을에 등대는 더 이상 필요 없대도.
마리 아직 돌아오지 않은 배들이 있어요. 돌아와야 할 사람들
이 있어요.
우완 바다는 한 번 삼킨 건 절대 원상태로 토해내지 않아. 그렇
게 바다를 사랑했으면 수장당하는 것도 괜찮지 않나? 다
시는 등대 세운다고 동네사람들 정신 흔들어놓지 마. 여
긴 더 이상 어촌이 아니야. 노동자들 모여드는 거 봤지. 술
집 늘어나는 거 봤지. 너 살 궁리나 하라고.

마리   등대 없이 어떻게 돌아오지. 딴 세상 된 동네 어떻게 알아
보지.

6. 홍등 1

작부들, 손님 맞을 준비를 하고 있다.

다래도 작부들 사이에 끼어 있다.

작부2	여기가 왜 홍등가인 줄 알아? 홍등이 왜 홍등인 줄 알아?
작부1	… 붉어서.
작부3	홍등은 왜 붉을까?
작부1	… 홍등이니까.
작부3	와, 정답!
작부2	가족은?
작부1	할머니하고 동생 셋.
작부2	여기 온 건 가족도 알고?
작부1	….
작부3	애인은 있고?
작부1	….
작부3	있네, 있어. 있어도 없는 거다, 여기서는.
작부2	오늘밤 돌아가. 길 터줄 테니까.
작부3	네 생각해서 하는 말씀이다.
작부1	돈 받았어요. 이미.

작부2　그냥 뛰라고. 여긴 막장이야. 더 이상 갈 데 없는 사람들이나 떠밀려오는 곳이라고.

작부3　지옥이라고. 알아들어?

작부1　제겐 여기가 천국이에요.

작부2　천국이라고?

작부1　천국에 있는 지옥보다는 지옥에 있는 천국을 선택하겠어요.

작부3　이건 또 뭔 철학자 같은 소리래?

작부2　절대적인 불행보다는 상대적인 행복을 선택하겠다는 거네.

작부3　언니는 또 뭐래? 너도 참 골치 아픈 애다. 그렇게 머리 복잡해서는 여기 오래 못 있는다, 너. 기회 있을 때 떠나. 생각해줄 때 떠나.

작부1　언니들도 여기 있잖아요.

작부3　나야… 테레사고. 우리 언니는 마리아고.

작부1　그럼 저는 잔다르크 될래요.

작부3　애 고단수네. 언니. 애 데리고 있자, 우리가.

작부2　다시 한 번 물어볼까. 홍등은 왜 홍등이라고?

작부3　와, 왜들 이러셔. 뻘게서 홍동이지 왜 홍등인데?

작부1　내 부끄러움 덮어주려고요. 내 붉은 볼 감춰주려고요.

작부3　그렇구나! 그래서 홍등이로구나! 그렇게 깊은 뜻이 있는 줄 몰랐네. 홍등 아래선 퍽이나 덜 부끄럽겠다.

작부2　그러니까. 그러니까 홍등 아래서만 부끄러워 해. 그 밖에서는 떳떳하고. 알았지?

작부1　네. 언니!

작부2   너도 알았지?

작부3   나야… 당연히… 알고 있었지.

작부2   그럼. 몸 한 번 화끈하게 불태워볼까. 홍등 아래서.

작부들, 손님 맞으러 나간다.

작부2   손님에게 마음 주는 거 아니다.

작부1   네.

작부3   직업정신으로 튼튼히 무장하란 뜻이야.

7. 알

바닷가. 마리와 마늘이 거닐고 있다.

마늘, 다리를 전다.

마늘 나랑 같이 떠나지 않을래?

마리 어디로?

마늘 우리 동네 싫어졌어. 나 배 타려고. 다른 동네 알아보려고.

마리 잘 생각했다.

마늘 넌?

마리 내가 어딜 가.

마늘 언제까지 기다리려고.

마리 돌아올 때까지.

마늘 마리야.

마리 언제 떠나려고?

마늘 가능한 빨리.

마리 마늘아, 너도 기다리지? 아직. 그런 거지?

마늘 … 응.

마늘, 알 하나 줍는다.

마리	뭐야?
마늘	오늘의 식량.
마리	알이 왜 여기.
마늘	갈매기 알이네.
마리	여기도 있네.
마늘	줘봐. 또 있다.
마리	애들도 둥지 잃고 여기까지 떠밀려 왔나 보다. 다행히 깨지진 않았네.
마늘	곯았겠다. 먹어도 괜찮으려나.

마늘, 세 개의 알로 저글링한다. 그 모습, 위태롭다.

마리	뭐해?
마늘	묘기.
마리	위험해.
마늘	깨져야 먹지. 넌 마음 약해서 이거 살려주자 할 거 뻔하고. 너 살리자고 이러는 거야. 기다려 봐. 내가 아주 자연스럽게 먹을 수 있는 상황 만들어 줄 테니까.
마리	하지 마.

마리의 만류에 마늘, 알 하나를 의도적으로 떨어뜨린다.

| 마늘 | 배고프잖아. 종일 굶었잖아. |

마리   됐다니까. 그만 하라니까.

마늘, 또 하나 떨어뜨린다.

마리   야!

마늘   헤헤. 너 하나, 나 하나. 됐지? 우리들의 마지막 만찬. 자, 이건 네 맘대로.

마늘, 떨어뜨린 알 하나 챙겨 도망치듯 달려간다.
마리, 알을 두 손바닥에 올려놓고 한참을 응시한다.

마리   네가 내 편지 좀 전해줄 수 있겠니? 우리 아버지 소식, 해치 소식 좀 가져다 줄 수 있겠니?

마리, 돌을 모아 둥지를 틀고, 그 안에 알을 넣는다.
해치와 아버지를 기다리듯 그 곁을 지킨다. 기도하며 부화를 기다린다.

8. 갈매기, 버들

어느새 알을 깨고, 갈매기 새끼가 얼굴을 내민다.

마리 정말 살아있는 알이었네. 털이 부숭부숭한 게 꼭 버들강아지 같다. 버들? 버들. 오늘부터 네 이름은 버들이야. 나는 네 엄마, 아니 네 친구 마리. 반갑다, 버들. 환영한다, 버들.

버들 끼끼---! 끼끼---!

마리 유후! 날아볼까. 날자. 날아!

버들 벌써.

마리 급해.

마리, 버들을 안고 날아오르듯 뛰어다닌다.

9. 편들지 않는 편

예배당이 있던 자리.

예배당 잔재들이 나뒹구는 폐허다.

회장과 촌장, 사제를 사이에 두고 기도하고 있다.

회장   지금까지 저는 하느님의 뜻을 거스른 적이 없습니다.

사제   네. 그러셨죠.

회장   제가 이렇게 성공할 수 있었던 것도 다 하느님의 축복 때
문입니다.

사제   네. 놀라운 축복 때문이죠.

촌장   재해를 딛고 일어서보겠노라 절망과 싸우고 있습니다만,
엎친 데 덮친 격으로 삶의 터전마저 빼앗길 위기에 처해
있습니다.

사제   하느님의 뜻이 있으시겠죠.

촌장   이렇게 내밀려야 하는 건가요.

사제   하느님의 뜻을 찾아봅시다.

회장   저는 저의 깊은 뜻을 하느님께서 헤아려주시리라 믿습니다.

사제   믿음대로 될 지어다.

회장   저는 저의 일이 하느님께서 기뻐하실 일이라 믿습니다.

사제	믿음대로 실행하는 게 중요하지요.
촌장	대체 하느님의 뜻은 무엇인지요?
사제	당신의 뜻이 곧 하느님의 뜻이랍니다.
회장	하느님의 뜻이 무엇이라고요?
사제	여러분의 뜻이 곧 하느님의 뜻이랍니다.
촌장	우리의 생각과 저들의 생각이 다릅니다. 누구의 생각이 하느님의 뜻입니까?
사제	당신의 뜻이 곧 하느님의 뜻이라니까요.
촌장	하느님의 뜻이 곧 저희의 뜻이란 말씀입니까?
사제	당신의 뜻이 곧 하느님의 뜻이란 말입니다.
회장	하느님의 뜻이 곧 저의 뜻이란 말씀이신 거죠?
사제	당신의 뜻이 곧 하느님의 뜻이란 말입니다.
촌장	저희의 뜻 말입니까?
사제	네.
회장	저의 뜻 말입니까?
사제	네. 여러분의 뜻이요.
촌장	하느님의 뜻을 이루소서.
회장	(촌장과 동시에) 하느님의 뜻을 이루소서.
사제	뜻이 이루어지이다.

10. 희생 혹은

기도를 마친 회장 곁으로 우완이 다가간다.

회장 어떻게 될 거라고?

우완 기상 악화가 예보되어 있고, 폭풍에 떠밀리던 촌장의 어선은 대형 화물선을 들이받고 침몰할 예정입니다.

회장 큰 물고기가 작은 물고기를 잡아먹는 거야 순리지, 섭리지.

우완 가장 깔끔한 장례방법으로 수장만한 게 없다는 게 중론입니다.

회장 어부들의 무덤으로야 바다가 제격이지. 내 아버지가 그러셨듯이. 아, 아버지!

우완 희생 선원들의 안타까움을 기리는 의미에서 위령비가 세워질 것입니다.

회장 내가 그 생각을 못했네. 역사를 외면해서야 야만인밖에 더 되겠나. 하하하. 다른 문제는?

우완 사소한 것 말고는 다 정리됐습니다.

회장 그 사소한 데 시간 빼앗기지 말고.

우완 네. 조속히 마무리하겠습니다.

11. 사소한 일 1

마리, 돌무더기를 쌓아올린다.

우완이 나타나 돌무더기를 헤친다.

마리 등대를 세워야 돼요. 길 잃은 배가 또 생겼어요.

마리는 저항하듯 다시 돌을 쌓는다.

만류하던 우완, 마리를 겁탈한다. 참혹하게.

갈매기들 날아와 그 광경을 지켜보며 울어댄다. 몸서리친다.

마리 아악---! 아악---!

갈매기들 아악---! 아악---!

마리 하하하---! 하하하---!

갈매기들 하하하---! 하하하---!

우완 날 보면 공포가 밀려올 정도로. 말문이 막힐 정도로.

우완, 문제를 해결했다는 듯 미소 지으며 자리를 뜬다.

마리, 아무 일 없었다는 듯, 혹은 넋이 나간 듯 태연히 일어나 다시 등대를 쌓는다.

12. 귀향

등대가 있던 자리.

마리, 쌓던 돌무더기에 앉아 무릎에 턱을 괸 채 상념에 잠겨 있다.

멀리서 마늘이 뛰어온다.

마늘 마리야! 마리야!

마리 ….

마늘 그동안 잘 지냈어? 저기 봐. 저길 봐. 누가 오나.

해치가 눈에 들어온다. 뛰어갈 듯 일어서는 마리.

그러나 이내 방향을 바꿔 도망치듯 사라진다.

뒤쫓으려다 멈추는 해치, 미소 짓는다.

마늘 봤냐? 주체를 못하겠단다. 뭐해? 따라 가.

해치 너도 돌아오지 않을래?

마늘 여긴 이미 끝났어. 난 배 탈거야.

해치 여기서 타면 되잖아. 나랑 같이 타면 되잖아.

마늘 어떻게 하려고?

해치 가업 이어가야지. 여기서 다시 일어서려고.

마늘	기적적으로 목숨 부지했는데, 바다 겁 않나?
해치	아버지가 지켜 주시겠지.
마늘	시간 좀 줘. 고민해 볼게.
해치	여기니? 이거야?
마늘	그래. 이게 마리가 오매불망 널 기다리던 흔적이다. 이제 네가 마리의 등대가 되어 줘야 돼.
해치	고맙다, 마늘아.

해치, 마늘과 포옹한 후 마리를 뒤쫓으려 방향을 잡고 달려간다.

마늘	해치야, 달려! 달려!

마늘, 잠시 생각하는 듯, 이내 온 길을 되돌아간다.

13. 연인의 간격

마리, 해치를 피해 도망친다.

마리   해치야. 내게 더 가까이 다가오면 안 돼. 너와 나의 거리는 딱 이만큼. 이게 내가 네 곁에 머물 수 있는 최소한의 거리야. 이 정도도 가깝다 하겠지만 이해해 줘. 살짝 눈감아 줘. 때가 되면… 때가 되면….

해치, 마리를 찾아 뒤따라온다.

해치   꼭꼭 숨어라! 헤헤헤. 마리야. 내 마음의 나침판은 너를 향해 고정돼 있어. 내가 어떻게 쓰나미를 헤치고 돌아왔게. 내 인생의 선장은 마리, 바로 너야. 너 뿐이야. 그러니까… 꼭꼭 숨어라, 머리카락 보인다.

해치, 달려간다.

14. 소라

한 소녀가 바닷가를 거닐고 있다.

해치가 그녀에게 달려간다.

해치   마리야! 마리야!

소라   너. 해치지?

해치   아, 미안.

소라   해치 맞지? 너.

해치   누구? 나 알아?

소라   정말 오랜 만이다. 모르겠어? 소라.

해치   소라… 소라?

소라   기억나니? 알아보겠어?

해치   응. 이게.

소라   13년만. 다섯 살 이후 처음이니까.

해치   여기는.

소라   아버지 따라 왔지. 여기 개발하시잖아. 나도 당분간 여기서 지내기로 했어. 뭔지는 모르겠지만 끌리기는 끌리더라. 고향이란 게 그런 건가. 너도 보고 싶었고. 애들도 다 잘 지내지?

해치	응. 뭐.
소라	반갑다. 해치야. 너 엄청 멋져졌다.
해치	내가 뭘.
소라	근데 너 마리 찾지 않았니?
해치	응.
소라	마리가 누구였더라. 어떻게 생겼었지.
해치	소라야. 다음에 보자.
소라	마리 찾으러 가게?
해치	응.
소라	해치야! 곧 보자. 우리 집에 한 번 초대할게. 친구들도 부르고.

해치, 마리를 찾아 길을 재촉한다.
혼자 남은 소라 곁으로 좌완이 다가선다.

좌완	저 아이와 가까이 하지 말라는 회장님의 분부십니다.
소라	이미 늦었어요. 벌써 마음 빼앗겨버린 걸요. 고향에서의 나의 시간은 전부 저 애를 위해서만 쓸 거예요.
좌완	회장님께는.
소라	본 그대로. 사실 그대로요.
좌완	아, 난 또 어쩌라고.

소라, 방향 잡고 출발하면 좌완이 경호하듯 뒤따른다.

15. 고해성사

예배당이 있던 자리.

마리, 사제와 멀리 거리를 두고 마주 앉아 있다.

사제는 병째 술을 마시고 있다.

마리　다 제 탓입니다.

사제　아직도 남자를 그렇게 몰라. 여자가.

마리　제가 잘못했습니다.

사제　조심했어야지.

마리　제 탓입니다.

사제　품행을 단정히 했어야지.

마리　제가 잘못했습니다.

사제　틈을 주지 말았어야지.

마리　제 탓입니다.

사제　여자가 저항하는 거, 그게 결과적으로 다 유혹이라니까,
남자에게는. 그러니까.

마리　그러니까. 제가 잘못했습니다.

사제　하느님이 왜 남자와 여자를 나누셨을까. 암수. 뭔가 깊은
뜻이 있지 않으실까. 남자는 본래, 그, 그래, 짐승. 여자들

이 잘 알잖아. 짐승, 짐승 하잖아. 그렇다니까. 짐승이라니까. 짐승이 짐승스럽겠지, 뭐. 아니 짐승다워야 짐승, 아니 남자지. 안 그래. 아니, 그리고 남자만 짐승이겠어. 같이 사는 여자는 짐승 아니고 뭐겠냐고. 짐승들끼리 물고 뜯고, 덮치고 올라타고 하는 거. 그거 뭐 자연스러운 거 아니겠어. 얼마나 정겨워. 별 것도 아닌 일 가지고 너무 과민반응할 거 없다니까.

마리   네. 과민반응 자제하겠습니다. 다 제 탓입니다. 다 제가 잘못했습니다.

사제   회개하는 자를 용서하시는 하느님, 자비로우신 하느님. 그 은혜가 참으로 놀랍지. 그 사내도 하느님 앞에 자기 행실을 낱낱이 고하고 깨끗이 씻음 받고 돌아갔어. 힘들지. 이리 와. 내가 위로해 줄게.

마리, 사제의 품에 안긴다.

사제, 마리를 위로한다.

마리, 행복한 표정이어서 낯설다.

16. 신성모독

해치, 어느새 나타나 그 광경을 목격하고 있다.

해치   마리야.

사제, 마리와 떨어지려고 하나 마리는 사제에게 더 매달린다.
사제가 마리를 떼어놓으려고 애쓰는 만큼 마리도 사제에게 악착
같이 매달린다.
해치가 다가가 둘을 떼어놓으려 한다.
마리는 도망친다.
자리를 피하려는 사제를 해치가 붙잡는다.

해치   무슨 일이죠? 지금 이 광경은 뭐죠? 마리는 왜 저러죠?
사제   여자 하나 제대로 간수하지 못한 주제에.
해치   간수하다니요?
사제   모르겠어? 걸레 됐다고. 걸레.

해치, 사제를 공격한다.

해치　뭔데? 이게 뭔데? 어떻게 된 건데? 어떻게 된 건데? 도대
　　　체 뭐가 어떻게 된 건데?

사제　하하하. 하하하하하… 그러게 이게 어떻게 된 거지?

해치　으아−!

　　　사제는 기꺼이 공격당한다. 속이 시원하단 듯.
　　　해치, 마리 달려간 길을 쫓아 달려간다.

17. 버들 혹은

갈매기들 놀고 있는 틈에 마리와 버들도 섞여 있다.

마리   오늘도 밀물에 소식 기다리고 썰물에 소식 전해

하루 두 번으론 너무 적조해

밀물은 더디고 썰물은 느려서 초조하고 답답해

요즘 내가 정신이 나갔나봐

밀물에 소식 보내고 썰물에 소식 기다리기도 하네

밀물이든 썰물이든 가고 오기만 하면 되는데

주고받기만 하면 되는데

버들   못 나서겠구나. 두렵구나. 내가 전령 되어줄까? 심심하다

고 전해줄래. 재미없다고 전해줄래. 됐다고 전해줄래. 라

고 전해줄래? 가운데서 갈매기만 삥이치는 놀이. 그 놀이

할래?

마리   버들아, 해치에게, 해치에게… 미안하다고 전해줄래.

버들   해치야. 미안하대. 마리가 많이 미안하대.

마리   날 용서할 수 있겠니… 물어볼래.

버들, 어딘가에서라도 전해 들으라고 외친다.

버들   날 용서할 수 있겠어? 몸이 많이 더럽혀졌는데.

마리   아직도 날 좋아하는지.

버들   넌 여전히 날 사랑하니?

갈매기1   넌 날 사랑하니?

갈매기2   날 사랑하니?

갈매기3   사랑하니?

갈매기들, 해치가 있는 곳에도 살짝 스쳐지난다.

마리   뭐래?

버들   사랑한다고 전해달래.

마리   사랑한다고?

버들   응, 사랑한다고.

마리   잘 살아야 돼.

버들   잘 살아.

마리   행복해야 돼.

버들   넌 행복해야 돼.

갈매기1   넌 행복해야 돼.

갈매기2   꼭 행복해야 돼.

갈매기3   행복해야 돼.

마리   질투하지 않을 게.

버들   질투하지 않을 거야.

갈매기1   어떻게… 질투하지 않겠어.

갈매기2 질투할 거야.

갈매기3 나 없이 행복하려고?

갈매기1 나 없이 너만 행복하려고?

갈매기2 나 없이 너만?

마리 질투하지 않을 게, 정말 질투하지 않을 게.

　　　　 멋지게 살아야 돼, 행복해야 돼.

버들 질투하지 않을 게.

갈매기1 질투할 거야.

버들 멋지게 살아야 돼.

갈매기2 혼자만 멋지게 살겠다고?

버들 꼭 행복해야 돼.

갈매기3 너 혼자 행복해지는 거 못 봐.

마리 뭐래, 해치는 뭐래.

버들 기다려 봐. 아직 아무 말 안 해.

갈매기1 아직 아무 말 안 해.

마리 내가 나쁜 맘먹어서 그래, 내가 나쁜 생각해서 그래.

갈매기2 해치, 빨리 대답해.

갈매기3 어서 사랑한다 말해.

갈매기1 아무 것도 염려하지 말라고 말해.

갈매기2 영원히 함께하겠다 말해.

마리 에라뿌라데뿌라 쁘라쁘리에쁘라.

버들 에라뿌리….

마리 에라뿌라데뿌라 쁘라쁘리에쁘라.

갈매기들 에라에라 쁘라쁘라. 에라에라….

마리 에라뿌라데뿌라 쁘라쁘리에쁘라.

버들 날고 싶어. 날고 싶어.

마리, 난다. 갈매기와 함께 난다. 현실로부터 도피한다. 탈출한다.

마리 에라뿌라데뿌라 쁘라쁘리에쁘라.

18. 너무도 운명적인

소라, 해치를 향하고 있다.

해치는 소라와 일정한 거리를 두려고 소라의 움직임을 따라 이동한다.

조금 거리를 두고 좌완이 따라 이동한다.

소라　　구름 따라 간 건데

네가 거기 있었던 거야

나비 쫓아 온 건데

넌 왜 또 여기 있냐고

난 늘 널 등지려고 이렇게 애쓰는데

넌 왜 늘 나를 돌려놓으려고 하니

남들이 보면 오해하겠다

내가 널 졸졸 따라다닌다고

네가 해명해

사실은 네가 날 이리저리 끌고 다니는 거라고

내 마음 너 주기 전에

빼앗은 거야, 네가

도둑맞은 거야, 너에게

하지만 염려 마

되돌려 받을 생각은 없으니까

대신 네 마음 나 줘

그게 공평하겠지

해치 나는.

소라 알아, 다 알아

그럼에도 불구하고 네가 좋아

너를 좋아하는 내가 좋아

너를 사랑하는 내가 사랑스러워

해치 널 탓하지는 않을게. 널 증오하지는 않을게.

소라 증오해도 돼

아빠 대신 날 죽여도 좋아

그것도 괜찮겠다

죽으라면 기꺼이 죽을게

언제든 명령만 해

내가 바라는 오직 하나

너의 행복뿐이니까

해치 너로 인해 내가 행복해지는 일은 없을 거야. 나로 인해 네가 행복해지는 일도 없을 거고.

소라 너 사랑을 모르는 거니

사랑을 안 믿는 거니

난 이미 행복하다니까

그런데 행복이 왜 이렇게 불안하지

사랑이 왜 이렇게 아프지
불안해도 좋아
아파도 좋아
이것이 사랑하는 자의 운명이라면
이 또한 사랑의 축복이겠지

해치, 애써 소라를 외면하고 돌아선다.

19. 맞파도

등대가 있던 자리.

마리, 버들과 이야기 나누고 있다.

마리   언제부터 날 좋아했던 거야? 다섯 살? 열 살? 열다섯 살?

버들   태어나기 전부터.

마리   너도 솔이 좋아했었지?

버들   아냐. 절대 아냐.

마리   왜 이래. 이사 가기 전날 밤 솔이가 나한테 다 얘기해줬거든.

버들   솔이 좋아한 건 마늘이라니까.

마리   많이 슬펐겠다. 너 이불 뒤집어쓰고 울었지? 울었지?

버들   하하하.

마리   호호호.

마리, 버들과 춤춘다.

마리   다래랑 마늘이랑 여기서 밤새며 춤추던 때 생각나?

버들   재미있었지. 그걸 어떻게 잊어.

다래와 마늘이가 다가와 함께 춤판을 펼친다.
춤이 끝나면 그들, 노래한다.

함께   바다 한 가운데서는
파도와 파도가 입 맞추는 걸 자주 볼 수 있는데요
마치 피어나는 꽃 같아요
그것을 맞파도라 부른답니다
어른들이 말씀하시길
사실은 싸우는 거래요
맞파도 아래는 큰 바위가 숨어 사는데
파도끼리 서로 차지하겠노라 다투는 거래요
싸움 구경하려다간 배가 좌초한데요
침몰한대요
어른들이 말씀하시길
입맞춤이라고 다 아름다운 건 아니래요
맞파도를 조심하래요
암초를 조심하래요
입맞춤이라고 다 아름다운 건 아니래요

다래와 마늘, 사라진다.
마리와 버들, 입맞춤하고 춤춘다.
멀리서 해치가 그 광경을 지켜보고 있다가 다가간다.
마리, 도망치듯 자리를 피한다.

해치, 자리를 비켜준다.

20. 해치와 버들

버들이 다시 나타나고, 마리가 뒤따른다.

해치도 슬쩍 나타나 버들에게 다가간다.

마리와 버들 노는 틈에 해치가 끼어든다. 아니, 겉돌 뿐이다.

해치 나도 네가 보여

마리가 보는 너

이젠 나도 보여

네가 나란 것도 알아

마리 호루바루호루바 호바루호바루

해치 뭐라는 거야, 너는 아니

혹시 나에 대한 이야기니

마리 푸라푸라푸 푸라푸라푸 푸라푸푸푸

해치 나 대신 내가 되어줘 고마워

내 대신 마리를 감싸줘서 고마워

네가 부러워 자꾸 질투가 나는데

어쩌지, 어쩌면 좋지

마리 호라오라오라오 하루하루하히루

해치 아니, 아니다

오히려 다행이다

나보다는 네가 더 나은 나일 테니까

나보다는 너로 인해 더 행복할 테니까

마리 에쁘에쁘에쁘쁘 에쁘에쁘에쁘에쁘

해치 내가 사랑하는 만큼, 아니 그 이상으로

너는 마리의 듬직한 해치가 되어 줘

그러면 그럴수록, 그럴수록

마리는 나로부터 점점 더 멀어지겠지

자기만의 세계로 점점 깊이 숨어버리겠지

마리 푸투푸투푸투푸투 푸투푸투푸투푸트

해치 버들아, 너는 아니

내가 어떻게 해야 마리가 나를 돌아봐줄 수 있는지

가르쳐 줄 수 있겠니

네가 나 아니라

내가 너 될 수 있는 방법은 없을까

마리 하라하라하라라 하호라하로아

해치 혹시 내가 너를

너를 해치면

너를 제거하면

마리가 내게 도망올까

내 품에 안길까

버들, 마치 그 소리를 알아듣는다는 등 해치를 응시하다가 이내 갈매기로 돌아간다.

해치　아, 정신 차려 해치

정신 차려라 해치야

버들, 너를 나의 전령으로 임명한다

나의 믿음직한 전령이 되어줘

마리가 눈치채지 못하도록 은밀하게

이거 마리에게 전해줘

버들, 부탁해

해치, 주머니에서 황금 깃털 하나 꺼내 버들의 입에 물려준다.

버들, 알아들었다는 듯이 깃털을 문다.

버들이 마리와 놀다가 깃털을 내려놓고 날아간다.

마리, 집어 들고 놀란다.

좋아하며 버들을 쫓아가는 마리를 멀리서 지켜보던 해치, 얇은

미소 짓는다.

21. 소라껍데기 1

소라, 바닷가에 앉아 소라껍데기에 마음을 저장한다.

소라   용서해달라는 말은 못하겠네
　　　　 우리 아빠 너무 했지
　　　　 사랑한다는 말도 하지 않을게
　　　　 무슨 염치로
　　　　 혼자 할 게, 너 모르게
　　　　 숨죽여 몰래 할게
　　　　 터질 듯한 사랑
　　　　 사랑해
　　　　 사랑해
　　　　 행복해야 돼
　　　　 잘 살아야 돼
　　　　 염려 마
　　　　 질투하지 않을게
　　　　 질투하지 않을게

소라, 소라껍데기 가슴에 안고 자리를 뜬다.

22. 황금 깃털

마리, 황금 깃털을 손에 쥐고 신나게 달린다.

버들, 나타나 마리 앞에 깃털 하나 뽑아 흘린다.

마리, 주워들면 황금 깃털로 변한다. 마리, 깃털 들고 춤추듯 달린다.

버들, 다시 나타나 깃털 하나 뽑아 흘린다.

마리, 주워들면 황금 깃털로 변한다. 마리, 깃털 들고 희망차게 달린다.

해치, 그 광경을 보며 흐뭇해한다.

23. 마리 사냥

동네사람들, 마리를 찾아 나선다.

손에는 총을 들고 순간순간 총구를 겨누며 황금 깃털 사냥에 나선다.

마리와 버들은 동네사람들의 틈을 헤집으며 사각지대를 찾아 겨우 몸을 숨긴다.

아슬아슬하다.

동네사람1 마리야!

동네사람2 마리야!

동네사람3 마리!

동네사람4 마리!

동네사람5 너 어디서 쌀이 생겼니?

동네사람6 너 어디서 머리핀이 생겼니?

동네사람7 일가친척 하나 없는 애가 갑자기 어디서 돈이 생겼을까?

동네사람4 마리!

동네사람5 마리!

동네사람1 남의 밥 구걸하던 애가 이웃에게 쌀을 퍼주니 이게 어찌된 일이니?

동네사람2 헐벗던 애가 이웃에게 옷을 사주니 이게 어쩌된 일이니?

동네사람3 혹시 몹쓸 짓 하는 건 아니지? 나쁜데 빠진 건 아니지?

동네사람6 쉿!

동네사람7 마리!

동네사람1 마리!

동네사람4 걱정이 돼서 그래.

동네사람5 너에게 무슨 변이라도 생길까봐.

동네사람6 널 보호하려고 이러는 거야.

동네사람7 널 안전하게 지켜주려고 이러는 거야.

동네사람2 네가 걱정이 돼서 매일 밤잠을 설친단다.

동네사람3 마리!

동네사람4 쉿!

동네사람1 마리!

동네사람7 마리!

동네사람4 마음 착한 소녀, 마리. 갑자기 부자 된 비밀은 왜 안 알려주는 거니?

동네사람3 어른들이 그 비밀을 알면 더 부자가 될 수 있단다.

동네사람5 마리!

동네사람4 마리!

동네사람1 우리도 대궐 같은 집 좀 지어보자.

동네사람2 우리도 떵떵거리고 한 번 살아보자.

동네사람7 마리!

동네사람6 마리!

동네사람5 네가 황금 깃털을 가져다 판다는 소문 벌써 세상에 다 퍼졌단다.

동네사람3 네가 키웠다는 새는 어디 감췄니? 버들이는 어디 숨겼니?

동네사람1 버들아!

동네사람2 버들아!

동네사람4 우리도 네 날개 좀 보자.

동네사람6 나도 깃털 하나만 뽑자.

동네사람7 마리!

동네사람5 버들!

동네사람1 네가 다칠까봐 이러는 거란다.

동네사람2 누가 너를 해칠까봐 이러는 거란다.

동네사람3 슬픈 일이나 기쁜 일이나 함께하는 게 이웃이란다.

동네사람들 가진 걸 나누는 게 이웃이란다.

동네사람5 마리!

동네사람4 버들!

동네사람7 어른 말씀 안 듣는 아이는 나쁜 아이란다.

동네사람4 어른 말씀 안 듣다간 큰 일 당한단다.

동네사람1 쉿!

동네사람2 마리!

동네사람3 마리!

동네사람5 착한 소녀 마리야, 어른 말씀 들으렴!

동네사람6 예쁜 소녀 마리야, 어서 버들이를 내어놓으렴!

동네사람4 마리!

동네사람7　버들!

동네사람1　마리!

동네사람2　버들!

동네사람1,3,5,7　마~리~!

동네사람2,4,6　(동시에) 버~들~!

　　　마리와 버들, 황금 깃털을 감춰가며 사냥에서 겨우 탈출한다.

동내사람5　저쪽이다!

　　　동네사람들, 방향을 바꿔 마리와 버들을 뒤쫓는다.

　　　눈에 불을 켜고 쫓는다.

24. 체질개선

회장과 우완, 동네를 시찰 중이다.

회장　이래서 어떻게 새 도시가 서겠어. 이렇게들 정신들이 썩어서야 언제 공단이 자리를 잡겠느냐고. 미친년 하나 잡겠다고 온 동네사람들이 정신들이 빠져 있으니. 갈매기고 뭐고 문제되는 것들은 다 청소해 버려. 어촌의 잔재 깨끗이 쓸어버려. 정신 개조시키고 체질 개선시켜야 돼. 저것들이 다 우리 노동력이라고. 일할 생각들은 않고 횡재나 꿈꾸고 저러고들 있으니. 개발 인력 어디서 구해다 채울 거야. 공장 어떻게 돌릴 거야. 돈이고 기계고 돌아야 사는 거야. 살기 위해서는 돌아야 돼. 돌려야 돼. 마중물 삼아 돈 좀 더 풀어. 어차피 돈 쫓는 사람들이라면 돈이 답이지. 그만한 미끼 없지. 세상 정신 못 차리게 뺑뺑이 돌려! 뱅-뱅-뱅-뱅-! 히히히히….

우완　분부대로 실행하겠습니다. 뱅-뱅-뱅-뱅-!

회장과 우완, 시찰 방향을 고쳐 잡고 출발한다.

25. 홍등 2

돈이 도는 도심의 홍등가는 손님들로 분주하다.

포주   불을 쫓는 불나방처럼 돈을 쫓는 사람들이 넘쳐난다. 낮의 열기가 식기 전에 홍등을 내다 걸어라.

작부1   술은 돈을 마시고 돈은 술을 마신답니다.

포주   마시자고 버는 돈, 마셔라 마셔.

작부2   술과 돈은 한 창고에 싸두는 게 아니에요.

작부3   떨어져 있어야 그리움이 크거든요.

작부1   서로 못 보면 아주 죽겠거든요.

포주   오늘의 피로는 오늘 풀고 내일은 또 열심히 일을 하셔야지. 뜨거운 밤이 있어야 차가운 낮이 있지.

작부2   밤새워 일하는 남자는 주머니가 두둑하답니다.

작부3   주머니가 든든하면 손도 커지거든요.

포주   돈 없는 것들은 꺼져, 돌아가.

작부1   술 한 잔에 지폐 한 장.

포주   한 잔 더.

작부2   키스 한 번에 지폐 한 뭉치.

포주   한 번 더.

작부3　　가슴을 열려면 수표 한 장은 돼야지요.

포주　　더 열어, 활짝 열어.

작부1　　침대를 원한다면 홀딱 벗을 각오는 하셨겠죠.

포주　　물 들어왔다, 노 저어라.

작부들, 남자 한 명씩 끼고 자리를 이동한다.

26. 신앙고백

예배당이 있던 자리.
사제, 담배를 물고 있다.

사제   뒤집어진 바다와 산더미 같은 파도에
삶의 터전도 가족도 다 빼앗겨버린 사람들에게
신의 섭리가 뭐라고 설명해야 하는지
억울하게 희생된 아버지를 품에 안고 절규하는 자식에게
무슨 말로 신의 위로를 전해야 하는지
돈에 덜미 잡힌 정의를 마주하면서는
신의 뜻을 어디서 찾아야 하는지

고독이 뭔지 아니
이거야, 담배 당기는 거
술 당기는 외로움하곤 또 다르지
사랑하는 사람에게 외면당해 봤지
믿는 사람에게 배신당해 봤지
무응답인 신과 독대해야 하는 거
그게 고독이야

난 담배가 당기더라
염려마라, 나 간암 폐암과 벗하기로 했다
고독과 외로움보다야 그 쪽이 더 만만해

기도하느라 외로울 시간도 고독할 시간도 없지 않느냐고
날 기계나 자판기쯤으로 여긴다는 거지
심심풀이로 가끔 기도도 한다만
그 기도가 너희를 위한 기원인 줄 아니
천만에, 저주다
벼락 좀 내리치시라는 상소다
땅 좀 쩍 갈라 저놈들 싹 매장시켜달라는 청원이다

허허허
그나마 신은 아무 대답이 없고
나는 죽은 자식 부랄 움켜쥔 격이고
흐라뿌라흐브루부 흐브르부흐르르

누가 신을 보았다 했더라
하긴 나도 신의 얼굴을 보긴 보았지
기적도 체험했지
젠장, 인간에게서, 인간 사이에서
그 길 말고는 신과 대면할 방법 없더라
너희가 내 하느님이었냐

너희가 내 하느님이라고
흐라뿌라흐브루부 흐브르부흐르르

그래서 그렇게 날 가지고 노니
그래서 날 이렇게 희롱하니
네까짓 것을 믿어야 하니
네까짓 것에 소망을 걸어야 하니
네까짓 것과 사랑타령 해야 하니
나 버리고 잘 해봐라
나 없이 잘 놀아봐라
흐라뿌라흐브루부 흐브르부흐르르
흐라뿌라흐르르 흐브흐브흐루부

사제, 깊게 담배를 빨아들인다.
고독에 몸부림친다.

27. 등대 1

등대가 있던 자리.

해치와 마늘, 돌무더기를 쌓고 있다.

우완과 좌완 나타나 해치와 마늘을 공격하고 돌무더기를 헤쳐

놓는다.

해치와 마늘, 저항하나 역부족이다.

28. 소라껍데기 2

소라, 먼발치서 해치가 당하는 광경을 지켜본다.

소라껍데기에 이야기를 저장한다. 마음을 담는다.

그러나 소리가 입 밖으로 나오지 않아 무슨 이야기를 하는지는
알 수 없다.

다만, 표정을 보아 그 심경을 짐작할 수 있을 뿐이다.

아름답게 슬프다.

29. 사소한 일 2

회장과 우완, 건설현장을 돌아보는 중이다.

회장   세상에서 제일 질긴 게 뭔 줄 알아?

우완   엿. 아니, 고무줄?

회장   엿 같은 소리 할래.

우완   죄송합니다.

회장   희망이란 놈이지. 꿈이란 놈.

우완   아, 네!

회장   지금 해치란 놈이 저들의 희망이야. 싹을 잘라버려. 꿈 깨라고 해.

우완   알겠습니다.

회장   등대, 절대 세워져서는 안 돼. 탄탄대로에 굴러드는 돌조각들 깔끔히 정리하라고.

우완   분부대로 실행하겠습니다.

회장   사소한 일 우습게 처리할 수 있어야 진짜 능력자인 거야.

우완   명심하겠습니다.

소라, 한 쪽에서 몰래 그 대화를 듣고 뭔가 결심한 듯 자리를 뜬다.

30. 대속

예배당이 있던 자리.

해치가 두리번거리고 있다.

좌완이 해치에게 다가간다.

좌완 네가 왜 여기 있어?

해치 여기 있다니요?

좌완 우리 아가씨는 어디 있는데?

해치 여기서 만나기로 했는데, 아직.

좌완 둘이 만나기로 했다고? 여기서? 너 배타기로 돼 있었던 거 아냐?

해치 꼭 할 이야기가 있다고 보자고 해서.

좌완 큰 배 다니는 길에 작은 배 비켜서야지, 명령하셨는데! 큰 고기 노는 물에 작은 고기 먹이밖에 더 되겠니, 언질 하셨는데!

좌완, 바람처럼 뛰어간다.

31. 연서

해변에 두 아이가 놀고 있다.

한 아이의 손에 소라껍데기가 들려 있다.

그 아이, 소라껍데기를 귀에 대고 한참을 듣는다.

아이1   만날 듣는 소리 뭘 그렇게 열심히 들어?

아이2   그 소리 아냐.

아이1   파도소리 말고 무슨 소리? 다른 소리가 나?

아이2   응.

아이1   무슨 소리?

아이2   사람 소린가!

아이1   에이, 소라껍데기에서 무슨. 진짜 들려?

아이2   들려.

아이1   줘봐. 이거? 바다 소리잖아.

아이2   사람 소리잖아. 여자 목소리.

아이1   무슨 소리가 들린다고 그래.

아이2   잘 들어봐. 들려.

아이1   너 지금 장난치는 거지? 나 놀리는 거지?

아이2   정말이라니까.

아이1   난 아무 것도 안 들리는데. 뭐라고 하는데?

아이2   줘봐.

아이1   뭐라고 하는데? 뭐라고 하는데?

아이2, 소라껍데기를 귀에 대고 듣는다.

피식 웃는 듯, 어느새 눈물짓는다.

아이1   야, 왜? 왜?

아이1, 소라껍데기를 빼앗아 귀에 댄다.

여전히 사람 소리는 들리지 않는다는 표정이다.

이상하다는 듯 아이2를 쳐다본다.

아이2는 여전히 눈물짓는다.

아이1, 소라껍데기 던져 버리고 고개를 갸웃하며 아이2를 뒤따른다.

32. 뱅—뱅—

우완이 좌완을 두들겨 패고 있다. 쌍방 대결이 아니라 일방적 폭
행이다.
그 광경을 회장이 지켜보고 있다.

회장   그만, 바꿔!

이번에는 좌완이 우완을 두들겨 팬다.
그 광경에 몰입해 있는 회장.

회장   하하하… 하하하… 바꿔! 바꿔!

다시 우완이 좌완을 폭행한다.
회장도 나서서 좌완과 우완을 닥치는 대로 폭행한다.
우완과 좌완, 회장을 칠 수는 없어 상황이 복잡해진다.

회장   하하하… 하하하… 계속해! 계속해! 하하하… 하하하…
흑흑흑… 흑흑흑… 뱅—뱅—뱅—! 흐흐흑… 하하하…
뱅—뱅—뱅—! 뱅—뱅—뱅—뱅—!

"뺑–뺑–!" 응원 소리에 좌완과 우완의 힘겨운 폭행놀이는 계속
된다.
가끔 차례를 헷갈려가면서.

33. 버들 사냥 혹은

동네사람 몇이 총을 들고 사냥 중이다.

입은 꼭 다물고 최대한 소음을 줄이며 몸짓으로 소통하고 있다.

그 사람들 사이에 우완과 좌완이 은밀하게 끼어든다. 둘도 총을
감추고 있다.

우완과 좌완은 동네사람들에게 발각되지 않기 위해 경계심을 늦
추지 않는다.

동네사람들이 아직 버들을 찾고 있을 때

우완과 좌완은 목표를 설정, 정조준한다. 둘, 동시에 방아쇠 당
긴다.

동네사람들, 총소리에 어리둥절해할 때

우완과 좌완, 홀연히 사라진다.

동네사람들, 우왕좌왕하다 여기저기로 흩어져 달려간다.

34. 하라비라 비하루

등대를 쌓던 자리.
마리와 해치가 돌무더기에 앉아 있다.
둘 사이를 버들이 갈라놓고 있다.

마리   바다가 왜 그렇게 좋아?

해치   몰라. 그냥 좋아.

마리   나는 어디가 좋아?

해치   몰라. 그냥 좋아. 다 좋아.

마리   바보 아냐?

해치   바보인가 보지. 너는? 너는 왜 내가 좋아?

마리   내가 언제 좋아한다고 했어?

해치   매일 편지 쓰잖아. 밀물에 실어 썰물에 보내잖아.

마리   내 마음 들킬까 봐 바다에 쓰는 건데. 그걸 네가 어떻게 읽어.

해치   바다가 내 친구거든. 다 읽어주거든.

마리   나도 모르는 내 마음을 네가 어떻게 알아.

해치   지웠다 고쳤다 하는 것도 다 읽어주니까. 내 친구가.

마리   망상증 환자.

해치 나도 매일 편지 보냈다. 너한테.

마리 알아. 네 소식 다 받았어. 그러니까 기다릴 수 있었지. 갈매기 돌아가는 바다 멀리. 거기가 어딘지는 모르겠지만. 거기 반드시 네가 살아있을 거라고 믿었어. 꼭 돌아올 거라 믿었어.

해치 어떻게 살까, 우리?

마리 우리?

해치 배 한 척. 작은 집 한 채. 아들 셋, 딸 둘?

마리 참 소박하다.

해치 더 욕심낼까?

마리 (혼자말로) 난 꿈도 꿀 수 없는 소박함이네.

해치 사랑해!

마리 (혼자말로) 제대로 청원하지 않으면 어림도 없어.

해치 사랑해!

마리 (혼자말로) 사랑해!

붕! 붕!
갑자기 날아온 총알에 버들과 해치, 차례로 날아가 쓰러진다.
마리, 버들과 해치 사이에서 충격과 슬픔을 감당할 수 없다.
버들을 품에 안는다.

마리 버들! 버들! 사랑해, 버들! 사랑해!

버들을 내려놓고 해치를 품에 안는다.

마리   해치야. 해치야. 나 어떻게 해야 돼? 나 어떻게 살아야 돼? 나
        누구랑 놀아? 무서워. 일어나! 일어나! 나 무서워. 나 혼자 두
        고 가면 어떻게 해. 같이 등대 세우자며. 같이 살자며. 해치
        야. 해치야. 일어나. 일어나! 하프허프 허프프. 하프허프 허프
        프. 하라비라 비하루. 하라비라 비하루. 아---!

마리, 처절하게 아름답다.

35. 신의 탄생

예배당이 있던 자리.

마늘이 사제 앞에 무릎 꿇고 있다.

황금 깃털 여러 개를 사제 앞에 밀어 놓는다.

사제   예배당을 짓자고?

마늘   해치가 아버지 재산 정리해 만든 황금 깃털이에요. 남은 거. 그리고 마리가 내놓은 거까지. 이걸 씨앗 삼아 무너진 예배당 다시 세워주세요.

사제   날 조롱하는구나. 야유하고 싶구나. 당연하지. 안 하는 게 이상하지.

마늘   신이 어디 있냐고 질문하셨죠? 이 모든 일이 신의 조화일 수 있겠느냐 물으셨죠?

사제   그랬지. 그래서 답을 찾았니?

마늘   아니요. 전혀 모르겠어요.

사제   나도 여전히 모르겠구나. 미안하다. 면목이 없구나.

마늘   만들어 내세요.

사제   응?

마늘   신이요. 없으면 창조라도 해내세요.

사제 창조해 내라고? 나더러? 신을? 하하하!

마늘 그일 하시는 분 아니신가요? 어떻게든 만들어 내세요.

사제 왜?

마늘 필요하니까요. 그렇지 않고는 너무 절망스러우니까요. 너무 혼란스러우니까. 어려우니까. 하지만.

사제 하지만?

마늘 주무시고 계시다는, 아니 돌아가셨다는 어제의 신 말고요. 새 신이요. 철든 신이요. 정신 똑바로 박힌 신이요. 권위 있는 신이요. 무서운 신이요. 믿을 만한 신이요. 만들어 내세요. 목숨 걸고. 내 목숨, 내 인생 걸만한 신 창조해 내세요. 우리 앞에 내놓으세요.

사제 목숨 걸만한… 목숨 걸고….

마늘 마리, 해치, 다래, 소라. 그리고 내 인생, 우리 부모님, 우리 이웃의 그, 그, 참혹한, 혼란스러운 삶 뭐라고 설명하죠? 어떻게 정리하죠? 무슨 의미를 찾아야 하는 거죠? 알고 싶어요. 살아야 되니까. 아니면 죽겠으니까.

사제 짓자! 등대.

마늘 등대요?

사제 그래. 마리가 세우려 하고, 해치가 세우려 했던 등대. 네가 세우려 했던 등대.

마늘 그 등대를 필요로 하는 작은 배들은 이 동네에서 더 이상 출항하지 않을 거예요. 출항하지 못할 거예요.

사제 세우자! 등대. 바다 말고 도심을 밝히자! 밤 말고 낮을 밝히자! 아니, 바다 육지, 밤낮 가리지 말고 온 세상, 온 종일 밝히자! 정신을 깨우고 길을 안내하자.

마늘 예배당은요?

사제 그게 예배당이면 안 될까? 안 되나? 하하하…! 가자!

마늘 등대는 못 세우게 해요. 절대 안 된대요.

사제 설 때까지 세워보자. 갈 데까지 가보자. 그것도 인생의 의미일 수 있지 않을까?

사제, 출발하면 조금 거리를 두고 마늘이 뒤를 따른다.
마늘, 새로운 인생에 대한 희망과 설렘으로 전율을 느낀다.

36. 등대 2

등대를 쌓아올리는 자 따로 없는데

데구루루 돌들이 굴러오네

푸드득 갈매기가 날아드네

우르르 사람이 몰려오네

돌과 새, 사람이 뒤엉키고

산 자와 죽은 자가 팔짱을 끼네

등을 타고 오르다 떨어지고

솟아오르는 듯 무너지네

그러나, 그러나

망설이거나 멈추지 않네

주저앉거나 드러눕지 않네

춤추는 듯 오르네

노래하는 듯 떨어지네

등대를 쌓아올리는 자 따로 없는데

등대는

등대는

37. 에필로그 – 신의 눈동자

동이 트는 아침에도

등대는 눈을 감지 않는다

잠을 청하지 않는다

도심의 대낮은 더 어둡다고

큰 눈 차갑게 부릅뜬다

그렇게 등대가 커다란 눈을 부라릴 때, 서서히 막 내린다.

– 막 –

부다페스트의 연인

등장인물

노민호
정주리
노민호 아버지, 주 헝가리 한국 대사
정주리 아버지, 주 헝가리 조선민주주의 인민공화국 대사
남한 비밀요원
조선민주주의 인민공화국 비밀요원[1]
노민호의 남자 친구
정주리의 여자 친구
헝가리 주재 프랑스 대사관 망명 담당관
신부神父
시인詩人
키로[2]

때

현재

장소

헝가리 부다페스트

---

1) 남북의 비밀요원들은 무대 쿠루 역할을 겸한다. 변신이 자유롭고 필요한 곳이
   라면 언제든지, 무슨 역할로든지 등장할 수 있는 캐릭터다. 무대의 특성상 비밀
   요원들이 작품의 전체 흐름을 이끌어 간다. 무대전환은 당연히 그들의 몫이다.
2) Artificial Intelligence Killing Robot, 인공지능살인로봇

1

부다페스트 도심의 한 거리.

허름한 차림의 한 사람, 몸도 마음도 허기에 지친 모습으로 배회
한다.

시인 아, 내 님은 어디 계신가. 한낮에 등불을 밝혀도 내님은 찾을
수 없구나. 오, 혹시 그대가 내 님이신가. 사랑 찾아 태양계를
탐사중인 나, 그제는 명왕성을 어제는 화성을 오늘은 지구
를 떠돌고 있노라. 사랑 따윈 필요 없노라 외면하는 자여, 그
대는 어리석구나. 사랑은 이미 끝났노라 외치는 자여, 그대
는 참으로 불쌍하구나. 사랑에 눈먼 자여, 그대야 말로 가장
밝은 눈을 가졌도다. 사랑에 노예 된 자여, 그대야 말로 가장
자유로운 영혼이로다. 오, 사랑에 홀린 자여, 그대야 말로 가
장 멀쩡한 정신을 가졌구나. 아, 태초에 사랑이 있었으니, 모
든 생명은 사랑을 통해 이어지누나. 끝없는 창조는 오직 사
랑으로만 이어질지니. 그리하여 사랑만이 희망이다. 오직 사
랑만이 희망이다. 아, 내 영혼을 사로잡을 자 누구란 말인가.
내 타는 목마름을 달콤한 꿀로 적셔줄 이 어디 없단 말인가.
혹시 그대이신가. 그대가 내님이신가. 아, 견딜 수 없는 이 갈
증. 아, 목마르다.

신부, 술 한 병 들고 목을 축이며 등장한다. 코가 붉다.

신부   절창이로다. 절창이야! 그 시 내가 삼세. 여기 시값. 자. 마
셔, 마셔!

시인, 술병을 받아 쓴 술을 벌컥벌컥 들이마신다. 다시 신부가
빼앗아 마신다.

시인   나도 신부나 될 걸 그랬어. 원 없이 술이나 마시게. 사랑을
대신 할 것은 술밖에 없지. 그럼. 술이 최고지.

신부   나도 시인이나 될 걸 그랬어. 원 없이 사랑타령이나 해 보게.
사랑타령이야 시인이 적격이지. 아무렴. 시인이 최고지.

시인   신부님은 애인 없으신가?

신부   하느님을 애인삼아 산다고나 할까. 늘 그분 생각뿐이니까.

시인   저런. 하느님도 무심하시지. 하느님답지 못하게시리.

신부   애인 대신 이렇게 술을 주시잖아. 술도 애인도 다 탐하는
건 과욕이지.

시인   우리 바꿀까?

신부   잉?

시인   당신의 술하고 내 애인하고. 부족한 부분 돌려가며 채우
자. 어때, 내 생각?

신부   그러지 말고. 신부자리와 시인의 삶을 바꾸는 건 어때?

시인   내 애인을 영구소유하시겠다고?

신부   존재하지도 않은 애인을 내가 뭘 어쩐다고.

시인   하긴 당신이 섬기는 하느님이나 애타게 찾는 내님이나 정

체가 불분명하긴 마찬가지. 한 번 바꿔볼까.

신부   입맛 당기지?

시인   아무래도 내가 손해 보는 장사인 것 같은데. 일단 술 좀 더 주면 심각하게 고려해 보는 거로.

신부   까짓. 술이라면야 얼마든지. 술이야 말로 신의 선물이거든. 창고에 가득하니 마셔, 마시자고.

두 사람, 술을 찾아 자리를 옮긴다.

그들을 뒤쫓고 있었다는 듯 키로, 나타난다. 그의 몸동작은 인간이라고 보기에는 어딘가 자연스럽지 못한 구석이 있다. 키로의 행동에는 끊임없이 어떤 정보를 수집하려는 의도가 보인다.

키로   사…사랑… 갈증… 여…영혼… 희망… 술… 애인… 하-느-님… 신부… 시…시인… 술… 애인….

잠시 주위를 염탐하던 키로, 신부와 시인이 향한 쪽으로 방향을 잡아 사라진다.

2

다른 거리. 민호와 그의 친구가 나타난다.

민친	네 생애 첫 헝가리 방문인데 이렇게 심심하게 보내선 안 되지. 첫 인상 어때, 부다페스트. 설렘 같은 거 없어?
민호	왜 없겠냐. 외국 여행인데.
민친	네 여행 재미있게 꾸밀 수 있게 도와주라는 대사님의 엄명이시다.
민호	그게 어버이 사랑이라는 거 아니냐. 귀찮지?
민친	천만에. 덕분에 나도 한 번 신나게 놀아보련다.
민호	너도 아무튼.
민친	누구 친구 누군데 이러시나.
민호	그래서 뭘 하자는 건데? 뭘 보여주겠다는 건데?
민친	가자. 지금 우리 학교 축제 중이다. 한국 축제 분위기하곤 좀 다를 걸.
민호	와우, 기대되는데!
민친	실망하지 않을 걸. 장담.

민호와 친구, 자리를 뜬다.
그 뒤를 미행하는 한 사람이 있다. 남한 쪽 비밀감시요원이다.
그는 일정 거리를 두고 민호 일행의 뒤를 쫓고 있다.

3

다른 거리. 주리와 그녀의 친구 나타난다.

주친	축제라고? 여기 축제는 다르겠지? 어떤가?
주리	가보면 알게 돼.
주친	야. 설렌다, 야.
주리	주책부리면 안 된다.
주친	주책 좀 부리라고 축제 아닌가.
주리	얘는 하나도 변한 게 없네.
주친	와 변한 게 없니. 예뻐졌다 아이가. 여기 사내들은 어떤가? 조선 아들과 많이 다른가? 좀 깼을라나?
주리	이 일을 어쩔까. 이 동무를.
주친	내가 이상한건가. 돌부처 같은 네가 이상한기지. 여성동무가 사내 하나를 휘어잡지 못하고.
주리	정해난 사람 있다 그렇게 말했구만.
주친	그게 네가 좋아 선택한 네 짝이네? 부모들끼리 좋아 맺은 짝이지. 짐승도 아니고.
주리	….
주친	할 말 없지? 나야말로 짝 있다만, 여긴 신세계 아니네. 방해 말아라.
주리	아이고 아버지!
주친	어서 앞장서라. 어데로?

주리와 친구, 자리를 뜬다.

그 뒤를 미행하는 또 한 사람이 있다. 북한 쪽 비밀감시요원이다. 그도 일정 거리를 두고 주리 일행의 뒤를 쫓고 있다.

4

헝가리 주재 대한민국 대사관에 전화벨이 요란하다.

남대 네. 헝가리 주재 대한민국 대사… 아, 안녕하십니까? …
네. 아직… 교전이요?… 네. 준전시상황이요. …네… 네…
알겠습니다. 철저히 관리 단속하겠습니다.

헝가리 주재 조선민주주의 인민공화국 대사관에도 전화벨이 요
란하다.

북대 네. 헝가리 주재 조선민주주의 인민…. 네. 뭐라고요? 네.
사실입니… 네. 알겠습니다. … 전면전입니…? 네. 철저
히… 네. 단단히… 네. 알겠습니다. 사상무장 철저히 시키
겠….

양쪽 대사의 표정이 어두워진다. 급히 자리를 뜨는 두 대사.

5

경쾌한 춤곡이 흐르는 가운데, 주리의 대학 축제장에서는 춤판
이 한창이다. 남북의 유학생들과 외국인 학생들이 섞인 가운데,

민호와 주리의 친구도 초대 손님으로 끼어있다.

한쪽에는 주리와 친구가 있다.

주친   저기, 저. 기생오라비같이 생긴 애들은 누구니?

주리   어디?

주친   저기. 곱게 생겼다.

주리   가까이 가지마라.

주친   축제가 왜 축젠가? 이럴 때 비벼보는 거다. 비 오는 날 우산 피는 거야.

주리   조심해라. 보는 눈 있다.

주친   네 아버지가 여기 대사다. 내 빽이 네 빽보다 낫고. 이따 껀 겁먹지 말고 너도 쓸 만한 놈 있나 찾아봐라. 여기는 헝가리. 여기는 부다페스트.

주리   동문 똥 참 굵습네다.

주친   이젠 알간?

다른 한쪽에 민호와 친구가 술 마시며 춤추고 있다. 민호는 어느새 주리에게 시선을 빼앗기고 있다. 주리도 민호의 시선을 느낀다.

민호   내 마음이 지금까지 사랑을 해왔다고? 내 눈이여 결코 아니라고 맹세해라. 오늘밤까지 난 진짜 아름다움을 본 일이 전혀 없도다.

주리　사람의 마음이 이렇게 간사한가. 내 눈인겁이 이렇게 얄팍했나. 변덕을 부리다니. 한 눈에 가다니. 안과에 가봐야 하나? 아냐, 심장이 뛰는 거로 봐선 내과에 가야할까 봐. 아, 어디로 가야지? 이게 사랑인가? 그렇다면 사랑은 병인 게 분명해. 아, 난 병에 걸린 거야. 이 병은 어떻게 치료하지? 어떻게 해야 나을 수 있을까?

민호　한 눈에 반했다 하면 미친놈이라 하겠지. 그래 난 미쳤다. 사랑에 미치다니 이 얼마나 다행인가. 이 얼마나 놀라운 축복인가. 미친놈의 행복이라니. 미쳐서 행복하다니. 나 절대 제정신으로 돌아가지 않으리. 나 영원히 미친 영혼으로 남으리.

민친　분위기 어때? 적응 돼?

민호　적응해야지. 손님인데.

민친　자세 좋고.

민호　저기, 저 여자.

민친　누구? 아, 저 여자. 글쎄. 나도 처음 보는 얼굴인데. 와, 잘 노는데! 완전히 오늘의 주인공인데!

주리 친구가 민호의 시선을 눈치채고 다가온다.

민친　온다, 온다.

주친　날 바라보는 당신의 이글거리는 눈빛에 끌려 나도 모르게 어느새 당신 앞에….

주리 친구의 말이 끝나기도 전에 주리에게 향하는 민호. 민망해진 주리 친구는 민호 친구에게 잔을 내민다.

주친 상처받은 내 영혼을 좀 위로해주지 않으시겠습니까?

민친 기회야 또 오지 않겠습니까. 실망하지 마십시오.

주친 내가 안 예쁩니까? 매력 없습니까?

민친 아름다우십니다.

주친 오, 눈이 참 밝으십니다.

민친 이 눈빛은 저 불타는 눈빛에 비하면 호롱불만도 못합니다.

민호 친구와 주리 친구, 민호와 주리를 관찰한다.

주친 와우, 불이야!

민친 일났네.

눈빛을 주고받던 주리와 민호는 누가 먼저랄 것도 없이 서로 손을 잡고 자리를 피한다. 민호 친구가 따라 나서려 하나, 주리 친구가 민호 친구를 만류하듯 손을 잡아채서 춤을 이어간다. 민호 친구는 민호의 행동이 궁금하고, 주리 친구는 주리의 그런 행동을 고대해왔다는 듯 기대감에 미소 짓는다.

민친 별일 없을 겁니다.

주친 별일 있어야지요.

민친	사랑 따위엔 별 관심 없는 놈입니다. 서울에 애인도 있고요.
주친	평양에 정해난 남자 있는 동무입니다. 별일 한 번 기대해 봅시다.
민친	북녀는 다 당신 같습니까?
주친	남남은 다 동무 같은가요?

파티는 이어지고, 춤은 계속된다.

6

외진 길목. 민호와 주리는 이목을 피해 자신들 만의 공간을 찾는다.

민호	애인 있습니까?
주리	처음 만난 사람에게 던지는 첫 마딘가.
민호	사랑합니다.
주리	무례하군요.
민호	무례를 무릅쓸 만큼 당신은 아름답습니다.
주리	이미 정해난 사람 있습니다.
민호	다행입니다.
주리	제정신인가요?
민호	아니요. 미쳤습니다. 당신에게.

주리 정해난 사람 있다 했습니다.

민호 저도 미래를 약속한 여자가 있다는 뜻입니다.

주리 그 약속을 배반하겠다는 건가요? 그 배신의 대가는 어떻게 치르려 하죠?

민호 나머지 세상은 기꺼이 다 포기하겠습니다. 당신에 대한 사랑만 빼앗기지 않는다면.

주리 아, 이런 거로군요. 말도 안 되는 거군요. 사랑이란 벼락같은 거군요.

민호 사랑의 벼락을 맞은 나는 얼마나 행복한 사람인지요.

주리 벼락을 맞고도 살 수 있는 건가요?

민호 함께 지켜봅시다. 벼락같은 우리 사랑이 어떻게 끝날지.

주리 사랑의 결말은 부디 벼락같지 않았으면.

민호 당신도 배신자가 되어 주시겠습니까?

주리 당신이 배신자가 되기 전에 이미 배신했는걸요. 아, 나는 또 뭐라는 거지. 내 입에서 흘러나오는 이 헛소리는 또 뭔지. 아, 입술이여 제발 정신 차려다오.

민호 입술은 마음의 노예. 그대의 입술은 이미 사랑의 노예가 되었습니다.

주리 노예의 본분은 순종. 입술의 주인은 마음. 마음이 시키는 대로 내뱉으라.

민호 사랑합니다.

주리 (동시에) 사랑합니다.

둘, 포옹하고 입맞춤한다.

7

축제장.

북한 대사와 남한 대사가 동시에 들이닥친다. 그들은 각각 주리
와 민호를 찾는다. 두 사람, 서로의 존재를 확인하자 다가가 습
관처럼 악수를 청하려다 상황을 인식한 듯 손을 거둔다.

북대 축제 집어치우라! 북과 남이 어디서 뒤섞여 술판을 벌리
니. 지금 조국은 전쟁 중이야.

남대 어서들 집에 가. 당분간 외출 자제하고, 연락망 유지하고.
어서들 돌아가.

북대 (주리 친구에게) 주리는 같이 안 왔네?

남대 (민호 친구에게) 민호는 어디 갔나?

남과 북의 학생들은 상황을 인지하고 자리를 뜬다. 다른 학생
들은 영문을 몰라 어리둥절한 상태로 쫓기듯 자리를 뜬다. 민
호 친구와 주리 친구는 시선을 주고받고는 함께 발걸음을 재촉
한다.

8

또 다른 외진 곳. 민호와 주리는 세상사 나 몰라라 연애에 몰두하고 있다.

민호   당신 이름은 뭔가요?

주리   이름 한 번 불러보지 않은 입술로 키스를 했군요.

민호   낯선 입술이 더 달콤하네요.

주리   그럼, 이름은 영영 묻지 말기로 해요.

민호   그럼, 이름대신 이 입술을 기억해둬요. 내 체온과 함께.

민호, 주리를 끌어안고 입맞춤한다.

주리   그대 입술을 내게 주었으니 나도 내 입술을 드릴게요. 내 마음을 담아.

주리, 민호에게 입맞춤한다.

주리   잘 기억해 두어야 해요.

민호   아, 벌써 잊었는걸요. 어떤 느낌이었더라?

주리   눈감고도 알아챌 수 있어야 해요.

민호, 주리에게 입맞춤한다.

주리　　아, 사랑의 신이 질투하면 어쩌죠.

두 친구, 달려와 민호와 주리를 납치하듯 떼어내 끌어간다.

민호　　왜? 어디 가는데?
주리　　축제 끝났어? 무슨 일인데?
민친　　전쟁.
주친　　(동시에) 전쟁.

남남북녀들, 각각 다른 방향으로 갈라진다.
그 뒤를 쫓아 북측 비밀요원 나타나고, 그 반대편에서 남측 비밀
요원 나타난다.

북비　　암호명 줄리엣. 줄리엣 이상…. 무.
남비　　코드 네임 로미오. 로미오 이상…. 무.

두 비밀요원, 각자의 방향으로 엇갈려 사라진다.

9

부다페스트의 한 거리.
허기야말로 시인의 숙명이란 말인가. 시인, 벌린 입에 빈 술병을

탈탈 털고 있다.

시인 꽃피는 봄이 지난지도 오래건만 사랑은 철없이 꽃을 피우는구나. 철부지 청춘들아 사랑은 제발 숨어서들 하려무나. 눈꼴셔 못 봐 주겠노라. 하긴 젊음도 한 때, 사랑도 한때. 자랑을 하던지 발광을 하던지. 오, 내 님만 날 찾아와 준다면 하늘이야 무너지던지 땅이야 솟구치던지. 아, 목마르다. 사랑에 목이 탄다. 하느님을 사랑한다는 내 친구는 어디서 또 달콤한 술과 벗하고 있으려나. 하느님도 무심하시지. 내 친구는 불쌍하기도 하지. 혹시 하느님 몰래 따로 애인을 두고 있는 건 아니겠지. 그럴지도. 그럴지도. 저도 인간인데. 저도 남자인데. 그럴지도. 그럴지도. 당연히 그럴지도. 아, 외로운 건 나뿐이로구나. 목이 타는 자, 이 몸뿐이로구나. 사랑하는 자들에게 불행 있을진저. 연인들에게 이별 있을진저. 잉? 내가 지금 뭐라는 거야. 이 주둥아리에 저주 있을진저. 그건 더욱 안 되지. 시인의 입으로 저주라는 말을 내뱉다니. 진짜 저주 받겠는데. 아, 이 저주받은 입으로 무슨 이야기를 하지. 어떻게 사랑을 노래하지. 친구. 친구. 숨어서 혼자만 마시지 말고 술 좀 나눠 마시세! 같이 취하세. 취해서 정신 좀 차려보세!

시인은 신부를 찾아 꼬이는 발걸음을 겨우겨우 바로잡으며 걷는다.

시인의 꼬리를 물고 키로가 나타난다. 수집된 정보를 정리하는 듯 잠시 몸을 추스른다.

키로 꽃… 봄… 사랑… 목마르다… 목이 탄다… 애인… 그럴지도… 저주… 노래… 마시세… 취하세… 노래… 술… 그럴지도… 그럴지도….

키로, 시인의 뒤를 쫓아 사라진다.

10

주 헝가리 한국 대사관.
민호, 아버지와 마주하고 있다.

민호 누가 그녀에게로 내 등을 떠밀었나. 사랑이다. 무엇이 나를 이 구렁텅이로 인도했나. 사랑이다. 그러니 죄를 물으려거든 사랑에게 물어라. 나는 사랑의 명령에 충실할 뿐. 사랑의 명령에 순종할 뿐. 사랑 이외의 그 어떤 명령에도 순종은 없다.

남대 티켓 구해놨으니 오늘 밤 비행기로 조용히 돌아가.

민호 아버지.

남대 순간 감정에 충실했다 치자. 그래 좋아. 그것까지 문제 삼지는 않으마. 하지만 거기까지. 너 자신에게 부끄러울 일 더 만들지 마라.

민호   아버지.

남대   사랑타령 쯤으로 끝날 문제가 아니라잖아. 시국이 혼란스럽다고.

주 헝가리 북한 대사관.
주리와 그녀의 아버지가 마주하고 있다.

주리   나의 단 하나의 사랑이 단 하나뿐인 증오에서 싹트다니. 알지 못하고 만난 것은 너무 일렀고, 알고 보니 이미 늦었구나. 철천지원수를 사랑해야 하다니. 아, 불길한 사랑의 탄생이여.

북대   본국송환명령 떨어졌다. 그게 무슨 뜻인 줄 아니? 너 지금 무슨 일을 벌린 줄 알아?

주리   어쩌다 원수가 된 건지. 언제부터 원수가 된 건지. 왜 화해하지 못하는 건지.

북대   정신 차려. 역사에 없는 일이야. 꿈에도 불가능한 일이라고. 알아?

주리   아버지.

북대   아버지, 아버지만 부르지 말고 할 말 있으면 해 봐라.

민호   사랑이랄 밖에요

주리   사랑하기 때문이랄 밖에요.

남대	그깟 풋사랑 따위로 인생을 망치겠다는 거야?
주리	사랑이 방해받는 인생이야 말로 망쳐진 인생이에요.
북대	하룻밤 정분 따위에 조국을 팔아먹겠다고?
민호	사랑 앞에 조국 따위가 왜 방해꾼이 되어야 하는 거죠?
북대	세상물정 모르는 철부지 같으니라고.
남대	이루어질 수 없는 운명이려니 받아들여라.
주리	이루어지지 않은 건 운명이랄 수 없죠. 이미 벌어져서 운명인 거죠.
북대	운명 대 운명이라. 하긴 이별보다는 사랑이 낫겠다마는. 안 된다. 북과 남은 안 된다.
남대	인간의 능력으로 어쩔 수 없으니 운명이지. 달래 운명이겠니.
민호	운명에 맞서는 게 또한 인간입니다.
주리	목숨 걸고 사수하겠어요. 우리 사랑.
민호	우리 운명 우리가 개척하겠어요.
주리	우리가 책임지겠어요.
북대	어째 인간은 자꾸만 사랑에 발목이 잡히는가.
남대	인생을 망치는 사랑이라니.
민호	사랑은 힘이에요.
주리	사랑은 꿈이기도 하죠.
민호	사랑은 모험이에요.
주리	사랑은 희망이기도 해요.
민호	사랑 외엔 난 그 무엇에도 관심 없어요.

주리	사랑밖에 난 아무것도 몰라요.
북대	사랑이 백치를 만들지.
남대	사랑이 바보를 만들지.
북대	사랑은 불장난. 타고 나면 아무것도 남는 게 없지.
남대	아, 사랑이 없다면, 사랑이 없다면 고통도 없으려나?
북대	사랑일랑 잠시 마음의 감옥에 가둬 두거라.
민호	사랑의 감옥이라면 기꺼이 갇히고야 말겠어요.
주리	사랑의 감옥이라면 거기서 평생이라도 보내겠어요.

11

도심의 한 곳.
민호 친구와 주리 친구가 만나고 있다.

주친	조국은 전쟁 중인데, 사랑타령이라니. 묘하네요. 우습지 않습니까?
민친	전쟁은 말려도 사랑은 붙여야 하지 않겠습니까. 친구만 아니면 확 그냥.
주친	그러게요. 친구가 왜 필요하겠습니까. 어려울 때 한 편이래서 친구 아니겠습니까.
민친	친구 잘 둬야 하는데. 하필 사랑에 눈먼 놈을 친구라고 이렇게 속을 끓입니다.

주친	사랑에 눈알이 뒤집히다니. 난 부럽기만 합니다.
민친	심술 나 그러지요. 시간이 많지 않습니다. 무슨 방법을 찾아야 하는데.
주친	비행기를 타지 않는 방법밖에 없습니다. 귀국하면 끝입니다.
민친	그럼 공항에서 빼돌려야겠군요. 그거 좋겠습니다. 그 다음엔 어디로 피신시켜야 하죠?
주친	그들이 설계하겠죠. 그들만의 사랑의 행로이니까. 사랑이 인도하겠죠.
민친	우린 들러리 노릇만 충실히 하면 되겠군요.
주친	그게 결혼식에서의 친구 몫 아닙니까.
민친	준비됐으면 움직일까요.
주친	작전을 꼭 성공합시다.
민친	공항은 내가 빠삭합니다. 그쪽도 몸조심 하십시오.
주친	그쪽 염려나 하시라요.

두 사람, 사라진다.

12

도심의 한 곳.
주리와 민호의 도피처다.

주리	어찌하여 당신의 조국은 남조선인가요. 어찌하여 나의 조국은 북조선인가요. 왜 우리 사랑은 시작과 동시에 끝나야 하는 건가요.
민호	사랑은 할 수 있는 것은 무엇이든지 해내요. 사랑의 힘을 믿어 봐요.
주리	우리 사랑을 지키기 위해서라도 사랑의 힘을 믿을래요.
민호	나는 내 조국을 버리겠어요. 내 사랑을 방해하는 조국 따위는 기꺼이 걷어차버리겠어요. 나는 내 성도 버리겠어요. 자식의 사랑 인정해주지 않는 아버지는 아버지로 인정할 수 없어요. 당신은요? 당신도 그럴 수 있나요?
주리	난 이미 버린걸요. 내 조국은 사랑이에요. 내 성도 사랑이고 내 종교도 사랑이에요. 날 구속할 수 있는 건 오직 사랑뿐이에요. 사랑만이 나를 사로잡을 수 있고, 사랑 때문에 나는 자유로울 수 있어요. 나는 사랑의 노예예요. 사랑만이 나의 주인이죠.
민호	당신이 나의 조국이군요. 당신이 나의 주인이에요. 나는 당신의 노예.
주리	당신은 나의 주인. 나는 당신의 노예.
민호	이리 오너라 업고 노자. 이리 오너라 업고 노자.
주리	사랑 사랑 사랑 내 사랑이야.
민호	사랑이로구나 내 사랑이야.
주리	이이히 내 사랑이로다.
민호	아매도 내 사랑아.

주리	니가 무엇을 먹으려느냐.
민호	니가 무엇을 먹으려느냐.
주리	호호호.
민호	하하하.
주리	진수성찬을 대령하리까.
민호	진수성찬 내 싫소.
주리	그럼 무엇을 대접하리까.
민호	술이나 한 잔 가득 마시리다.
주리	막걸리로 하오리까, 소주로 하오리까.
민호	막걸리 좋고 소주도 좋지요만 당신 입술만 하오리까.
주리	어마, 어마. 이러시면.

두 사람, 입맞춤한다.

민호	이 입술이었어.
주리	이 맛이었어.
민호	이 입술의 주인은 누구십니까?
주리	이 맛의 주인은 누구신지요?
민호	민호라고 합니다. 노민호.
주리	주리라고 해요. 정주리.
민호	주리씨.
주리	민호동무.
민호	사랑해요.

주리 (동시에) 사랑합니다.

다시 입맞춤한다.

민호 아, 당신과의 입맞춤으로 난 새사람이 돼요. 당신의 입술이 내 입술의 과거를 씻어줘요.

주리 그럼 제 입술이 그 과거를 짊어지네요.

민호 내 입술의 과거를? 오, 달콤하게 꾸중 받는 입술이여. 그 입술은 얼마나 무거울까. 얼마나 부끄러울까. 그럼, 내 과거를 다시 돌려줘요.

주리 괜찮아요. 당신의 부끄러움은 내 부끄러움. 내가 감당할게요. 내가 숨겨줄게요.

민호 그럼, 당신의 과거만 내게 주세요. 당신의 부끄러움만 내게 주세요. 내가 숨겨줄게요.

두 사람, 입맞춤한다.

주리 마치 입맞춤 의식을 치르는 것 같네요.

민호 입맞춤이 사랑의 의식이라면 그 의식을 자주 행할수록 사랑은 더욱 돈독해지겠죠? 충성스런 사랑의 신자가 되겠어요.

주리 저도요.

민호 이 입맞춤 이후의 나의 입술은 오직 당신을 노래하는 데만 쓰겠어요.

주리　그러지 말고 당신을 더 자랑하는 데도 써주세요. 당신이 더욱 자랑스럽게.

입맞춤한다.

민호　사랑해요. 이 밤을 은빛으로 물들이는 저 청순한 달을 걸고 맹세할게요.

주리　아, 변덕쟁이 달님을 두고 맹세하진 마세요. 달은 한 달 내내 그 모습을 바꾸잖아요. 당신의 사랑이 그렇게 변할까 두려워요.

민호　날마다 새로운 달이 날마다 새로운 맹세를 하게 해요. 날마다 새로운 아름다움을 뽐내는 당신 모습처럼 말이에요. 당신을 걸고 당신께 맹세하는 거예요.

주리　아슬아슬한 맹세네요.

민호　당신만 변하지 않으면 영원히 지켜질 수 있는 맹세지요.

주리　당신이 한 맹세를 내가 지켜야 하는 거군요.

민호　그런가요? 그럼 당신은 나를 걸고 맹세하세요. 그 맹세는 내가 지켜줄게요.

주리　아, 사랑의 신이 질투하면 어쩌죠.

민호　신의 질투가 우리 사랑을 증명하겠죠.

주리　아, 질투를 피해 사랑을 포기해야 하나.

민호　질투마저 이겨내면 되죠.

주리　사랑은 정말 신에게 내미는 도전장이네요. 신조차 무시해

버릴 수 있는 무모함이네요.

민호   겁나나요?

주리   우리를 쫓고 있는 자들이요. 방해꾼들이요. 잡히는 날엔 우리를 가만두지 않을 거예요. 우리 사랑도 끝날 거예요.

민호   나는 중무장한 그들 일개 사단보다 당신의 눈동자가 더 두려워요. 당신만 날 반겨주신다면 난 그 누구도 두렵지 않아요. 결코 잡히지 않을 거예요. 굽히지 않을 거예요.

주리   여기 너무 오래 머물렀어요. 떠나요.

두 사람, 발걸음을 옮긴다.
그 뒤를 쫓아 북측 비밀요원 나타나고, 그 반대편에서 남측 비밀요원 나타난다.

북비   줄리엣. 줄리엣 목표물 포착.

남비   로미오. 로미오 목표물 포착.

두 비밀요원, 목표물의 뒤를 쫓아 사라진다.

13

남과 북의 헝가리 주재 대사관.
요란한 전화벨 소리 양쪽에서 울려댄다. 본국과 통화하고 있는 남과 북의 대사들.

북대   네… 행적은 파악하고 있습니다. 네… 네… 네? 네. 그게… 사랑… 네! 곧 해결하겠습니다. 네!… 조국에 피해를 끼치는 일은 절대 없도록 하겠습니다. 네… 해결 못하면 숙청… 감수하겠습니다… 제 거라면?… 네. 네. 명령대로 집행하겠습니다.

남대   네. 지금 추적하고 있습니다. … 아닙니다. 저희가 해결하도록 하겠습니다. 조금만 더 말미를 주십시오. 젊은 애들입니다. 어떻게든 설득해서 상황 정리하도록 하겠습니다… 네. 옷 벗을 각오는 되어 있습니다만… 네… 네… 다시 보고 올리겠습니다.

북대   이거 어쩌면 좋니. 어찌해야 되는 거야. 아버지한테 딸 죽이라는 거 아니니, 지금.

남대   상황이 좋질 않아. 이러다 정말 큰 일 벌어지겠어. 제발 돌아와라, 노민호.

14

도심의 한 거리.
한쪽에서 남측 비밀요원 나타나고, 그 반대편에서 북측 비밀요원 나타난다.

남비　로미오. 로미오 상황접수.

북비　줄리엣. 줄리엣 상황보고.

두 비밀요원, 각자의 방향으로 엇갈려 사라진다.

15

헝가리 주재 프랑스 대사관.

주리와 민호, 망명 담당관과 마주하고 있다.

담당　망명이요? 망명이 뭔지는 알지요? 국적을 포기하는 겁니
다. 나라를 버리는 일입니다. 무엇보다도 합당한 이유가
있어야 가능합니다.[3]

민호　사랑을 지키기 위해섭니다.

담당　사랑이요? 사랑 때문에 망명한다고요? 올랄라!

주리　사랑을 표현하기엔 프랑스어가 최고라고 들었습니다. 프
랑스어로 사랑하고 싶습니다.

담당　물론 프랑스어가 말랑말랑하고 달달하기는 합니다만. 그
거야 망명이 아니라 이민을 신청하면 될 일.

민호　쫓기고 있습니다. 잡히면 죽습니다.

---

3) 역할 맡은 배우는 불어로 하고, 동시통역한다.

담당	누가요? 왜요?
주리	사랑 때문에요.
담당	사랑 때문에요? 울랄라!
민호	신변보호를 요청합니다. 사랑 사냥꾼에게 쫓기고 있습니다.
담당	사랑 사냥꾼도 있습니까? 그런 야만이 어디 있습니까?
주리	저희를 프랑스로 데려다 주십시오. 저희 사랑을 지켜 주십시오.
담당	글쎄요. 아직 경험해보지 못한 경우라서. 믿을 수가 없군요. 망명사유가 되는 지도 모르겠고.
민호	될 겁니다.
주리	돼야 합니다.
담당	본국에 보고해서 확인해 보도록 하겠습니다. 잠깐만 기다려 보세요.

담당관, 전화하러 간다.

민호	잘 될 거야. 사랑보다 아름다운 건 없으니까.
주리	아름다움을 아는 나라 프랑스니까요.

담당관, 돌아온다.

담당	유감입니다만, 망명불가합니다. 그 사유가 아직 전례가 없는데다가. 어떻든 사랑 망명은 불가하다는 답변입니다.

민호	사랑보다 중요한 게 뭐가 있다고 전례 타령입니까.
담당	망명이라는 게 그렇게 간단한 문제가 아닙니다. 국가 간의 문제입니다. 여러 나라가 얽히는 문제입니다.
주리	프랑스도 아름답지 않군요. 야만국이군요.
담당	프랑스 아름답습니다. 프랑스 예술의 나라입니다.
주리	사랑 하나 지켜주지 못하면서. 사랑마저 외면하면서.
담당	그러니까. 그게… 사랑은 사적이고 망명은 공적이라서. 그러니까 망명은 정치적으로 민감한 문제라서.
민호	사랑은 각자 알아서 할 일이라는 말입니까? 사랑을 지켜주는 일은 국가의 임무가 아니라는 말입니까?
담당	우리 프랑스가 그랬습니까? 우리는 안 그럽니다. 프랑스는 사랑 사냥 안 합니다. 당신네 나라가 그러지 우리나라가 그럽니까? 어이없습니다. 억울합니다. 나가십시오. 두 사람 모두 추방하겠습니다. 사랑 망명 불허하겠습니다.
주리	죄송합니다. 하지만 우리 좀 살려주세요. 방법을 찾아봐 주세요.
민호	죄송합니다. 망명할 수 있는 길을 좀 찾아봐 주세요. 만약 우리가 여기서 쫓겨나 총이라도 맞아 죽게 된다면 어쩌실 겁니까?
담당	지금 협박합니까?
주리	그렇게 될 거라고요. 확실히.
담당	울랄라! 야만! 야만!
민호	우리를 지켜주지 못할 거라면 차라리 죽여주십시오.

주리	네. 차라리 여기서 최후를 맞겠습니다.
담당	안 됩니다. 절대 안 됩니다. 나는 살인자가 될 수 없습니다.
주리	그럼, 방법을 연구해 보세요.
민호	우리를 추방하는 게 곧 우리를 죽이는 겁니다.
담당	막무가내! 막무가내!
민호	우리를 보호해주지 않는 게 곧 우리를 죽이는 겁니다.
담당	억지! 억지!
주리	사랑스런 프랑스!
민호	아름다운 프랑스!
담당	혹시 결혼은 했습니까?
주리	결혼은… 아직.
민호	하면 됩니다. 당장.
담당	울랄라!

16

도심의 한 술집.

남북 대사, 함께 술잔을 기울이고 있다.

북대	어째 자식 하나가 부모 마음대로 안 됩니까.
남대	그래서 자식 아니겠습니까. 자식 이기는 부모 없다잖습니까. 게다가 사랑 문제라면야 언제나 젊은이들이 이기는

싸움이죠.

북대　어쩌실 겁니까?

남대　기다려보는 수밖에요.

북대　참 한가하십니다.

남대　그러는 그쪽은요? 방법이 없어서 하는 말입니다.

북대　여기서 더 갔다가는….

남대　우리야 살만큼 살았다 치지만, 애들이 잘못되기라도 하면….

북대　갈라놓을 수 없으면 보호라도 해줘야 않겠습니까?

남대　지켜줘야 하는 게 아버지 된 도리겠지요?

북대　허허, 어쩌다가!

남대　사랑만큼 무서운 게 없습니다.

북대　사랑만큼 무모한 게 없지요.

남대　어차피 자식이야 부모 뜯어먹고 크는 거니까.

북대　마지막 살점까지 다 주고 가야하지 않겠습니까?

남대　본국이 문제입니다. 그냥 보고만 있겠습니까?

북대　그것이 문제지요. 허허, 어쩌다가! 허허, 어쩌다가!

남대　사랑 때문이죠. 그놈의 사랑 때문이죠.

북대　허허, 허쩌다가!

남대　해묵은 증오.

북대　유산이 된 갈등.

남대　혹시 사랑이라면.

북대　혹시 사랑이라면?

남대   네. 혹시 사랑이라면.

북대   혹시 사랑이라면?

남대   별 상상을 다해봅니다.

북대   무슨 상상인들 못해보겠습니까.

남대   한 잔 더 하시죠, 사돈.

북대   그럽시다, 사돈.

남대   허허허.

북대   허허허.

두 사람, 영혼 없는 웃음으로 잔을 부딪치며 서로를 위로한다.
그들을 시중들고 있는 종업원들, 남과 북의 비밀요원이다.

남비   코드 네임 로미오. 로미오 조준 대기.

북비   암호명 줄리엣. 줄리엣 조준 대기.

비밀요원 사라진 자리에 키로, 나타난다.

키로   사랑… 망명… 결혼… 국가… 임무… 아름다운 프랑스…
부모… 자식… 허허. 어쩌다가… 죽이는 거다… 죽이는
거다… 사랑 때문이다… 사랑 때문이다… 혹시 사랑이라
면… 혹시 사랑이라면… 혹시 사랑이라면….

키로, 입력된 정보를 저장하는 몸짓이다.

17

도심의 한 성당.

민호와 주리, 신부님과 마주하고 있다. 신부님은 술병을 쥐고 마시고 있다. 취해 있다.

신부　결혼?

주리　급해요.

신부　어머, 어머! 처자가 부끄럽지도 않은가 봐.

주리　결혼해야 살아요.

신부　나는 여태 결혼 안 하고도 잘 살고 있네. 내 친구 시인도 아직 홀몸이고. 외로워서 매일 술을 찾긴 하지만.

민호　제발 저희 좀 살려주세요, 신부님. 주례 좀 서주세요.

신부　결혼은 무덤이다. 못 들어봤어? 난 결혼은 안 하는 편이 낫다, 생각하는 쪽이거든. 웬만하면 혼자 살아. 툭하면 이혼상담. 아주 피곤해 죽겠어, 내가. 어느 나라에서는 결혼은 미친 짓이다, 한다던데. 못 들어봤어? 가서 잘 생각해보고 그래도 꼭 해야겠다 싶으면 다시 와. 아니, 결혼식장 가서 해. 이왕 할 거면 성대하게. 이렇게 만났으니 우리도 구면이 되는 셈이니까, 청첩장 보내고. 배에 기름칠 좀 해보게.

민호　지금 해야 됩니다.

신부　지금?

주리	여기서요.
신부	여기서?
주리	제발이요.
신부	번갯불에 콩 구워먹자는 심보네.
민호	그보다 더 급합니다.
신부	이 사람들이. 결혼을 장난으로 알아?
민호	자초지종은 나중에 다시 찾아뵙고 말씀드리겠습니다.
신부	순서도 뒤바꾸시겠다고? 왜? 결혼하면 유산 폭탄이라도 쏟아지나? 누구 숨이라도 넘어가는 중인가? 두 사람 사랑하는 사이긴 해?
주리	사랑합니다.
신부	어머, 어머! 내가 다 부끄럽다.
민호	이 여인이 나를 사랑하듯 나도 이 여인을 사랑합니다. 우린 사랑에 목숨 걸었습니다. 우리 목숨은 결혼에 달렸습니다. 신부님께서 혼례식을 베풀어 주시면 살고 그렇지 않으면 죽습니다.
신부	뭐라는 거야? 지금 협박하나?
민호	우리가 언제 어디서 어떻게 만났고, 어떻게 사랑을 고백하고, 사랑의 맹세를 나눴는지, 결혼 생활은 어떻게 할지, 자식은 몇 명이나 가질지, 어떤 부모가 될지는 나중에 말씀드릴게요. 어서 우리 결혼식의 증인이 되어주세요.
신부	그렇게 절실해?
주리	네, 신부님. 어서요.

신부	나 몰라라 할 수도 없고. 어쩐다.
민호	신부님!
신부	뭐 좀 생각하고 있는 건 있나?
민호	네?
신부	아니, 뭐.
주리	네. 원하시는 건 뭐든지요.
민호	그럼요. 네. 꼭 보답하겠습니다.
신부	보답이라기 보단 그게… 결혼식의 증표라고나 할까.
민호	네. 증표요. 증표로 특별히 필요하신 거라도?
신부	술. 좀 하이 퀄리티로. 들어오는 게 다 싸구려라. 싸구려 증표는 싸구려 결혼을 의미하는 거 아닐까? 잔치에 술이 빠져서도 안 되고.
민호	술. 준비하겠습니다.
신부	그리고 친구… 여자. 어, 애타게 애인을 찾고 있는 내 친구가 있어서.
주리	약속할게요.
신부	좋아. 그럼, 시작할까.

주리와 민호, 안도의 환호를 지르며 포옹하고, 이내 입맞춤한다.

신부	에이. 그건 결혼식 끝에나 하는 거지.
주리	감사합니다, 신부님.
민호	덕분에 살았습니다. 신부님은 저희 생명의 은인이십니다.

신부	시작하자마자, 이게.
주리	결혼식은 형식행위. 결혼식이 필요한 이유는 망설임 없이 사랑을 나누라는 거예요.
신부	그래도 이러면 내가 섭섭하지. 주례자를 너무 무시하는 거지. 주례사는 들어봐야지.
민호	하객들이라도 있으면 모를까. 아무리 멋진 주례사래도 신랑신부에게는 없는 만 못해요.
신부	하긴… 그래도… 하긴… 그래도.
민호	신부님은 주례자의 역할에 충실하시면 돼요.
주리	우린 신랑신부의 역할에 충실할게요.

입맞춤한다.

| 신부 | 세례명은 있나? 신자는 맞아? 이런… 이름도 모르고 주례를 서다니. 뭐 어때. 좋아 죽겠다는데. 아니 결혼해야 산다는데. 그깟 소원 하날 못 들어줘. 주례가 뭐 대수라고. 그만 떨어져! 늙은 총각 생각도 좀 하시지들. 결혼식 끝났다 이거지. 술… 증표 잊지 마! 여자… 그… 저… 내 친구 애인 챙기는 것도! |

주리 친구와 민호 친구, 헐떡거리며 들어선다. 민호 친구의 손엔 술이 들려 있다.

주친   늦어서 미안.

민친   쫓는 눈이 있어서 돌아돌아 왔다. 너무 늦은 거 아니지?

주친   아직 안 끝났지?

신부   술과 여자를 한꺼번에. 할렐루야! 미안. 내가 성급했었네.
       이렇게 다 준비해 놓은 걸. 조금을 못 기다리고. 그런데 처
       자는 내 친구 짝으로는 너무 어리다. 술.

       민친, 신부에게 술병 넘겨주면 신부는 뚜껑을 따고 마신다.

신부   좋아! 오랜 만에 접해보는 하이 퀄리티.

주친   축하해야 하나 말아야 하나?

민친   축하해야죠. 어쨌든 결혼식인데.

주친   대충 끝내고 빨리 마무리 하자. 여기서 안전하게 빠져나
       갈 수 있으려면 서둘러야 돼.

민친   신부님. 결혼식 끝난 건가요?

신부   글쎄. 시작이나 제대로 했었나?

주리   신부님. 고맙습니다. 이 은혜 절대 잊지 않겠습니다.

민호   꼭 다시 찾아뵙고 감사 인사드리겠습니다.

신부   그럼. 그래야지. 그래야 잘 살지.

민친   너, 그 옷 벗어.

민호   왜?

민친   벗어. 나랑 바꿔 입어.

주친   주리. 너도. 그 옷 벗어.

주리	오늘의 신부는 나야. 싫어.
주친	결혼식 끝났어. 벗어도 돼. 내 거 입어.
주리	싫은데.
민친	우리가 먼저 나갈 게. 조금 기다렸다가 상황 보고 탈출해.
민호	고맙다, 친구.
주친	안전한 나라 가서 참기름 장사나 하라.
주리	자리 잡는 대로 꼭 초대할게. 고맙다.
주친	갑시다.
민친	먼저 간다. 조심해.

민호와 주리의 옷으로 갈아입은 두 친구가 성당을 나선다.

18

성당 근처, 거리.
주리 친구와 민호 친구의 걸음이 점점 빨라지다가 결국 달린다.
그 뒤를 쫓고 있던 남한과 북한의 비밀요원, 총을 꺼내 조준 사
격한다. 달리던 두 사람, 차례로 쓰러진다.

남비	로미오. 로미오, 상황종료.
북비	줄리엣, 줄리엣 임무완성.

남북의 비밀요원. 쓰러진 두 사람의 신상을 확인하는 과정에서 민호와 주리가 아님을 발견한다.

남비 로미오. 로미오. 로미오 임무 중. 로미오 임무 중.
북비 줄리엣. 줄리엣. 임무실패. 상황대기. 임무실패. 상황대기.

19

도심의 한 거리.
시인, 빈 술병을 털며 웅얼거리고 있다.

시인 상처를 입어보지 않은 자가 남의 상처를 비웃는 법. 진정한 사랑을 해보지 않은 자가 남의 사랑을 비웃는 법. 외로운 자가 술을 찾는 법, 고독한 자가 담배를 찾는 법. 술병도 비고 담배도 떨어졌으니 나는 외롭고 고독한 인생. 하느님과 연애중이라는 정신 나간 술간지기는 어디 숨어서 코빼기도 안 비치는가. 저 혼자 술? 아니, 애인? 그럴 리가. 혹시? 그럴 리가. 아, 네가 내님마저 차지하려느냐? 아, 내님은 정녕 나를 버리시려는가. 영영 돌아오지 않으시려는가. 아, 가슴이 탄다. 아, 목이 탄다.

시인, 흔들리는 영혼을 추스르며 꼬이는 몸과 씨름한다.

그 뒤로 키로, 나타난다.

키로 사랑은 정진나간 짓… 사랑을 비웃어라… 님은 돌아오지
않는다… 술이면 된다… 담배면 된다… 사랑하면 가슴이
탄다… 사랑하면 목이 탄다….

키로, 정보 정리하며 시인의 뒤를 쫓는다.

20

도심의 한 외진 곳.
민호와 주리가 피신해 있다. 남쪽 비밀요원의 총구와 북쪽 비밀
요원의 총구의 종착점이 그들의 몸에서 빛난다.

남비 로미오. 조준완료.

북비 줄리엣. 조준완성.

남비 그만 돌아가자.

북비 더 이상 기다려줄 시간 없다.

주리 아, 프랑스.

민호 프랑스는 정말 아름다울까? 프랑스는 우리 사랑을 지켜줄
수 있을까?

주리 프랑스가 아니래도 상관없어요. 당신하고 함께 있는 곳이

자유국가예요. 당신과 함께 있는 여기가 천국이에요.

민호 천국은 주리가 살고 있는 그 곳. 주리와 함께하는 곳은 어디든지 천국. 난 천국에 살 거예요. 다시는 지옥으로 돌아가지 않을 거예요.

남비 로미오, 발사대기.

북비 줄리엣. 발사대기.

남비 마지막 경고다. 포기하라! 투항하라!

북비 조국의 명령이다. 사랑타령 그만 멈춰라!

민호 돌아갈래요? 헤어질까요?

주리 후회하나요? 겁나나요?

민호 우리 탈출해요. 이곳 지옥으로부터.

주리 그래요. 천국으로 가요. 우리 사랑을 이룰 수 있는 곳으로.

민호 두렵겠지만 죽음이라는 생명줄을 잡고 가요.

주리 네. 죽음을 넘어서 가요.

민호 잠시 여행하는 거예요.

주리 편안한 여행 되길.

두 사람, 포옹하고 입맞춤한다.

민호 준비 됐으면 갈까요?

주리 네. 가요.

두 사람, 허공으로 몸을 날린다.

북비　작전명 줄리엣. 줄리엣, 상황종료! 줄리엣, 임무 끝.

남비　코드 네임 로미오. 로미오. 미션 클리어! 로미오 아웃.

두 사람, 사라진다.

21

도심 외곽의 어느 곳.

남대　죽음이 내 며느리가 됐고, 죽음이 내 상속자가 되었구나. 죽음이 내 아들과 결혼을 했으니 나는 죽음의 시아버지. 죽음의 조상이 되었도다. 내 사랑이요, 내 자랑이며, 내 재산이던 가장 귀한 자식이 죽음에 바쳐졌으니 그 애비인 나도 죽음의 것이 되어야겠구나. 국가의 녹을 먹는 자로서의 본분은 성실히 다 했으니 부담은 없어 좋구나. 다만 자식과 가족에게 지은 죄는 돌이킬 수 없는 것.

총으로 자결한다.
다른 어느 곳.

북대　들판에서 가장 예쁜 꽃에 때 아닌 서리가 내려 죽음이 내렸구나. 죽음의 결혼식에 축하음악은 있었던 것일까. 축가와 축배는 있었던 것일까. 머리에 예쁜 꽃 한 송이라도 꽂았으려나. 들러리는 있었으려나. 허허. 한 평생 조국에 충성을 다했으니, 이젠 따뜻한 아버지가 되어야지. 늦었지만 따라가 축하해줘야지.

총으로 자결한다.

22

도심의 한 거리.
스치는 듯 만나는 남북의 비밀요원들.

북비 남조선 동무는 애인 있습니까?

남비 나 같은 저격수에게도 낭만이 있다면 믿으시겠소?

북비 임무는 임무고 사랑은 사랑 아니겠습니까.

남비 하긴 사랑 앞에선 철옹성이 무색하긴 하죠. 사랑으로 못 뚫어낼 게 없고, 또한 못 막아낼 것도 없지요.

북비 사랑의 신비라고나 할까요.

남비 사랑, 참. 그런데 왜요?

북비 걱정이 돼서 그럽니다.

남비 그쪽도 사랑 조심하시오.

북비 이번 우리 쪽 작전명은 줄리엣이었습니다. 줄리엣 아시죠?

남비　　로미오. 우리 쪽 작전명입니다.

북비　　로미오와 줄리엣. 이 이야기 말입니다.

남비　　비밀로 덮어두지 말고 널리 알리자는 거 아닙니까?

북비　　어떻게든. 그래야 같은 불행 조금이라도 막을 수 있지 않 겠습니까.

남비　　그렇게 합시다. 조화라도 바치는 심정으로.

북비　　동무는 사랑을 믿습니까?

남비　　죽고 싶지 않으면 사랑에 대한 믿음은 버려야 되지 않겠 습니까?

북비　　호호호!

남비　　하하하!

북비　　부디 몸조심 하시라요.

남비　　부디 사랑조심 하시오.

두 사람, 마음의 인사 나누며 비밀 요원답게 바람처럼 사라지나 싶을 때, 총성 한 발 울리고 북한 비밀요원 쓰러진다. 뒤 이어 다 시 총성 한 발 울리고, 돌아보던 남한 비밀요원 쓰러진다. 그들을 공격한 저격수는 키로다.

키로　　사랑을 믿는 자, 위험하다. 사랑을 믿는 자, 세상을 혼란스 럽게 만든다. 사랑을 믿는 자, 불온하다. 사랑에 빠진 세상 을 구하라. 사랑에 빠진 세상을 구하라.

키로, 사라진다.

23

도심의 한 거리.

신부와 시인, 함께 나타난다. 둘 다 술병을 들었다.

신부   아, 목마르다. 목이 탄다. 마셔도 마셔도 갈증난다. 마시면 마실수록 목이 마른다. 속이 탄다!

시인   사랑은 가장 독한 무기. 타살보다는 자살에 잘 듣지. 이크. 살고 싶으면 사랑이란 두 글자를 입에 올려서는 안 되는데. 이크, 사랑이란 두 글자를 입에 올려서는 안 된다고 했겠다. 이크 또 사랑이란 두 글자를 입에 올렸네. 이크, 또 사랑. 이크, 사랑이란 말은 안 된다니까.

신부   너희는 서로 사랑하라.

시인   이크, 또 사랑. 어쩌지. 사랑이란 말 대신 사랑을 설명할 말이 생각나지 않으니. 아아-, 이번엔 사랑이란 말을 두 번이나 했네. 아-, 사랑. 사랑? 에-. 사랑. 사랑? 아-, 결국 나도 사랑 때문에 죽겠네.

신부   너희는 서로 사랑하라.

시인   에-, 또 사랑. 사랑? 아-. 모든 사람이 사랑 때문에 죽겠네. 또 사랑. 사랑? 그래! 그거. 그거 좋네. 그거. 그거 때문에

사람이 죽다니. 그거 때문에 사람이 죽을 순 없지. 죽어서
는 안 되지. 그게 없이 살다니? 그거 없이 살다니. 그게 말
이나 돼? 그건 말이 안 되지.

신부 너희는 서로 사랑하라.

시인 가만 그게와 그게가, 그러니까 앞의 그게와 뒤에 그게는
다른 건데. 그게 그게 아닌데. 그게 그게 아니면 그게 뭐가
되는 거지? 에이 모르겠다. 사랑은 사랑이지. 이크, 사랑.
사랑? 에이 몰라. 죽던지 살던지 사랑이 사랑이지. 사랑을
무엇으로 대신해. 사랑을 어떻게 말려. 사랑 없이 천수를
누리느니 사랑 때문에 요절하는 게 낫지!

신부 아, 갈증 난다! 아, 외롭다! 아, 목마르다!

사랑타령 중인 시인과 신부를 쫓아 키로, 나타난다.
키로의 추적을 눈치챈 시인과 신부, 급히 몸을 피한다.

키로 사랑에 빠진 자, 박멸하라. 사랑하는 자, 소탕하라. 사랑하
는 자 용서 않으리. 사랑하면 죽으리. 사랑하는 자 죽으리.
사랑을 믿는 자, 사살하라. 사랑에 빠진 인간, 박멸하라.
사랑하는 자, 소탕하라. 사랑하는 자, 소탕하라… 사랑하
는 자….

키로, 어디선가 벌어질지 모르는 사랑타령을 포착, 공격하기 위
해 정보망과 신경망을 가동한다. 슬쩍 피어오르는 키로의 미소

가 섬뜩하다.

무대 서서히 막 내린다.

– 막 –

하찌

70년 만에 돌아온 친구

등장인물

기리 엄마
기리 아빠
기리(아이, 성년, 노인)
하찌
기리 아내
기리 딸
기리 사위
기리 손자 투투
하찌 손자 하찌

때

현대

장소

기리네 집과 숲 그리고 산맥

1막

1장

기리네 집.

기리 아빠와 엄마가 차를 마시며 이야기를 나누고 있다.

아빠　기리 또 안 보이네.

엄마　숲에 들어갔겠죠.

아빠　매일 숲에서 뭐한데? 타잔도 아니고. 혼자 무섭지도 않대?

엄마　오늘도 밖에 나갔다 바로 울고 들어왔어요.

아빠　왜요? 누가 또 놀렸대요? 싸웠대요? 사이좋게 좀 지내지.

엄마　라라네 이사 가곤 그나마 친구도 없어요. 아무도 안 놀아 준대요. 아주 외톨이가 됐어요.

아빠　당신 말대로 이사 가면 새 친구가 생기려나.

엄마　뭐든지 해 봐야죠. 친구만 생긴다면 백번이라도 이사 가야죠.

아빠　이사라는 게 애들 소꿉장난도 아니고. 무엇보다 기리가 가려고 해야죠.

엄마　그러니까 당신도 좀 적극적으로 설득을 해 보라니까요.

아빠　하죠, 나도. 그런데 이사는 싫다잖아요. 꼭 여기서 살겠다잖아요.

엄마　당신도 이사 가기 싫은 거죠?

아빠　아, 아니에요. 나는 갈 수 있어요. 갈 거예요. 가야죠. 기리를 위해서라면.

엄마　저것 봐. 아빠가 저러니 애가 엄마 말을 귓등으로나 듣겠어.

아빠　갑시다, 이사. 당신이 잘 설득해 봐요.

엄마　애 들어오면 같이 얘기해요. 나한테만 맡기지 말고. 제일 만만한 게 엄만데.

아빠　알았어요.

엄마　애는 오늘도 늦으려나. 날도 저무는 데 당신이 좀 찾아봐요.

아빠　들어오겠죠.

엄마　저것 봐. 아빠라는 사람이. 아주 남이야 남.

기리가 들어온다. 팔에 깁스를 했다. 무척 들뜬 모습이다.

아빠　일찍 좀 들어오지. 조심. 엄마 또 뿔났다.

엄마　그 팔을 해가지고. 넘어지거나 부딪쳐서 또 부러지면 어쩌려고. 산은 위험해. 더 조심해야 된다니까.

기리　엄마, 아빠. 나 친구 생겼어요. 헤헤.

엄마　어머. 그래. 누구야? 어떤 친구야? 어디 살아? 새로 이사 왔대? 아휴 고마워라! 집에 데려오지. 엄마가 맛있는 거 해줄 텐데.

기리　음… 다음에요.

엄마	그래, 꼭 데려와. 기리는 좋겠다. 새 친구가 생겨서.
아빠	와, 아빠도 신나는데. 기리 친구 생겨서. 얼른 보고 싶다.
엄마	엄마도. 엄마도 정말 좋다. 축하한다, 기리야.
아빠	아빠도 축하해.
엄마	그래서 친구하고는 뭐하고 놀았어?
기리	숨바꼭질도 하고 도토리도 줍고.
아빠	숨바꼭질도 하고 도토리도 줍고? 재미있었겠다.
엄마	어디서?
기리	숲에서.
아빠	숲?
엄마	친구랑 숲에 갔어? 친구도 숲 좋아한대?
기리	네. 숲에 살아요.
엄마	응? 숲에 살아?
아빠	무슨 친구가 집에 안 살고 숲에 살아?
엄마	숲에 집이 있었나? 어디?
기리	있어요.
아빠	그새 새 집이 생겼나? 아닌데. 못 봤는데.
엄마	그러게요.
기리	있어요.
엄마	누굴까? 더 궁금해지네.
아빠	신사야 숙녀야?
기리	응, 그러니까. 몰라요.
엄마	몰라? 왜?

아빠	여자같이 생긴 남자 앤가 보구나. 아니면 남자같이 생긴 여자?
기리	그런 거 아니에요.
엄마	아니면?
기리	동물.
엄마	동물?
아빠	동물?
기리	네. 동물이요.
아빠	그래서? 그 친구하고 숨바꼭질도 하고 도토리도 줍고, 또?
기리	얘기도 하고. 낮잠도 자고. 재미있어요. 내 얘기 아주 잘 들어줘요. 잘 통해요.
엄마	이야기를 했다고? 동물 친구하고? 어머나. 이 일을 어떻게 해.
아빠	놀라긴. 헛소리에요. 꾸며낸 얘기라고요. 애들 얘기에 그렇게 민감하게 반응하고 그러면 오히려 애가 놀래요.
엄마	쟤 얼굴 좀 봐요. 진짜라는 표정이잖아요.
아빠	애가 몸이 허해서 그런가. 잘 좀 먹이지.
엄마	그렇게 걱정되면 산삼을 캐 오시던지, 곰쓸개를 구해 오시던지.
아빠	또 내 탓이라지. 허허.

기리가 종이에 그림을 그려서 엄마, 아빠에게 보여준다.

기리	보세요.
엄마	어머. 이게 뭐야?
기리	내 친구요.
엄마	이게… 얘가 네 친구라고?
기리	네.
아빠	물개처럼 생겼네.
엄마	산에 무슨 물개예요.
아빠	물개도 개인데 올 수도 있죠.
엄마	아버지나 아들이나 똑같아 가지고.
아빠	못 오나. 쳇. 오기 싫으면 말라지.
엄마	이렇게 생긴 거 어디서 봤는데. 뭐랑 비슷한데.
아빠	이렇게 생긴 동물이 어디 있어요.
기리	있다니까요. 내 친구라니까요.
엄마	어디서 보긴 본 듯한데.
아빠	보긴 어디서… 봤네. 그거네.
기리	그거요? 뭐요?
엄마	(기리와 동시에) 그거요? 뭐요?
아빠	해치!
기리	하찌?
엄마	아, 그래. 해치 닮았네. 해치 닮았어. 내가 어디서 봤다 했어.
기리	하찌가 뭐예요? 누구예요?
아빠	실재 있는 동물은 아니고. 그러니까 상상 동물이야. 해치는 옳고 그름을 분별할 줄 아는 동물이라고 전해지거든. 정수리

에 뿔이 하나 나 있어 가지고 죄가 있는 사람은 그 뿔로 확 받아버린대. 어디 보자. 우리 기리 뿔에 받힌 데 없나?

기리	나 잘못한 거 없어요.
엄마	그럼. 우리 기리가 얼마나 착한 아인데.
아빠	아, 아쉽다.
기리	아빠.
아빠	농담. 기리가 헛소리를 하니까 아빠도 헛소리가 나오네.
엄마	이거 봐요. 사자 같기도 하고. 아니 하마를 닮았나. 아니다. 용인가? 어떻게 이렇게 생겼지?
아빠	그런데 상상 동물, 해치를 봤다고? 네가? 같이 놀았다고?
기리	네.
엄마	정말?
기리	그렇다니까요.
엄마	아이고, 아버지.
아빠	에구. 또 헛소리.
엄마	우리 기리의 상상력이란.
아빠	세계 1등!
엄마	혼자 놀아서 저래요. 친구가 없어서 저래요.
기리	헛소리 아니라니까. 엄마, 아빠 실망이에요. 아들 말도 안 믿어주고.
엄마	미안. 아들이야 믿지. 하지만 이건 좀처럼 믿기지가 않네.
기리	아빠는요?
아빠	어, 그게. 아빠도 못 믿어서 미안. 어, 그래서, 아빠는 산삼

이나 캐러 가야겠다.

아빠, 자리를 피하려는 듯 밖으로 나가 버린다.

2장

숲 속.
기리와 하찌가 놀고 있다.

기리   그런데 나도 이상하기는 해. 넌 아무 말 안 하잖아. 못하잖아. 그런데 나는 네가 한 말을 들은 거 같아. 내가 질문하는 거 네가 듣고 다 대답해준 거 같거든. 너 지금 "맞아" 그랬지? 그렇게 말했지? 맞다고? 그거 봐. 난 네 말이 다 들린다니까. 네 마음이 들리는 걸까? 너도 내 말 다 알아듣는 거지? 와! 신기하다. 우리는 마음으로 통하는 친구인가 봐. 넌 어떻게 생각해? 그렇지? 너도 그렇지? 그렇다고? 고마워, 친구. 우리는 친구다!

기리와 하찌, 악수하고 포옹한다.

기리   신난다. 너도? 헤헤. 너는 친구 많아? 없어? 나도. 내 친구 라라만 나랑 놀아줬는데 얼마 전에 이사갔어. 그래서 지금은 나 혼자야. 아니, 왕따는 아니고. 내가 몸이 좀 약해. 키도 작고. 어디 부딪히면 뼈가 잘 부러져. 그래서 친구들이 위험하다고 같이 안 놀아줘. 하지만 이제 괜찮아. 네가 있으니까. 헤헤. 너는? 왜? 왜 혼자야? 곰이 안 놀아줘? 하긴 너 곰이랑은 다르게 생겼다. 호랑이는? 호랑이하고도 조금 다르긴 하다. 하긴 너 좀 특이하게 생기긴 했어. 너 같은 얼굴은 동물사전에도 없어. 그래서 우리 엄마, 아빠도 내가 거짓말 한다고 꾸짖으셔. 헛소리래. 그래서 내가 네 모습을 그려서 보여드렸더니 하찐가 하시던데. 하찌라고 알아? 너도 모르는구나. 너 그냥 하찌 할래? 좋아? 나도 좋지. 하찌, 내 친구 하찌. 나는 기리야. 기리 해봐. 기리. 그래, 친구 이름이니까. 꼭 기억해야 돼. 잊으면 안 돼. 내 이름이 뭐라고? 맞았어. 기리. 너는 하찌, 나는 기리. 합치면 하찌기리. 하찌기리. 헤헤헤. 참, 너 우리 엄마, 아빠 한 번 볼래? 모셔 와도 돼? 싫어? 왜? 알았어. 엄마, 아빠가 안 믿어줘도 상관없어. 넌 여기 있으니까. 우린 친구니까. 하찌야. 우리 매일 만날까? 그럴 수 있어? 네 엄마, 아빠한테 혼나지 않아? 괜찮아? 좋아. 그럼 우리 매일 만나는 거다. 약속. 약속은 이렇게 하는 거야. 이렇게. 그리고 약속은 꼭 지켜야 되는 거 알지? 안 지키면… 안 지키면… 어, 어떻게 알았어, 친구 아닌 거?

하찌가 무언가를 내민다.

기리   뭐야, 이거? 먹으라고? 먹어도 돼? 이게 뭐야? 와, 맛있다!
너도 먹어. 많이 먹었어? 그럼 남은 것도 내가 먹는다. 우
와, 정말 맛있다! 고마워. 나도 맛있는 거 생기면 꼭 가져
다줄게. 우리? 밥. 우린 밥을 먹어. 맛이 궁금해? 그럼, 주
먹밥 만들어 가져다줄까? 주먹밥? 이렇게 생겼다고 주먹
밥이라고 불러. 내가 춤하고 노래 가르쳐 줄까? 우리 만날
때마다 춤추고 노래하자. 좋아? 나도. 그럼 노래부터 가르
쳐 줄까? 자, 내가 부르는 대로 따라 해봐.

부리부리 울퉁불퉁 꺼칠꺼칠

부리부리 울퉁불퉁 꺼칠꺼칠, 그렇지

이렇게 생긴 네가 좋아
기리 친구 하찌가 좋아

이렇게 생긴 네가 좋아
기리 친구 하찌가 좋아

잘했어. 노래 잘 하는데. 너도 노래하겠다고? 좋아, 해봐.

아기자기 올망졸망 매끈매끈

아기자기 올망졸망 매끈매끈

요렇게 생긴 네가 좋아
하찌 친구 기리가 좋아

요렇게 생긴 네가 좋아
하찌 친구 기리가 좋아

고마워, 하찌. 우린 서로 좋아하는 친구네. 와, 너 음악천재
인가보다. 우리 다시 한 번 불러볼까? 뭐? 춤? 춤추며 노래
하자고? 너 춤도 출줄 알아? 좋아. 노래 시작한다.

부리부리 울퉁불퉁 꺼칠꺼칠
이렇게 생긴 네가 좋아
기리 친구 하찌가 좋아

아기자기 올망졸망 매끈매끈
요렇게 생긴 네가 좋아
하찌 친구 기리가 좋아

못생겨도 좋아
아무렇게 생겨도 좋아
나는 네 친구

너는 내 친구
우리는 좋은 친구

기리와 하찌, 포옹한다.

기리 내일은 비가 올 거래. 비 오는 날은 어쩌지? 비와도 놀아줄 거야? 난 우비 입으면 되는데. 너 우산 가져다줄까? 괜찮아?

하찌가 부르르 몸을 흔들어 물을 떨어내는 동작을 해 보인다.

기리 와! 간단하네. 그렇게 하면 되는 거야? 부럽다! 하찌야, 늦어서 이제 집에 돌아가야 돼. 엄마, 아빠가 걱정하시거든. 우리 내일 또 만나는 거다. 약속 꼭 지켜야 돼. 안녕.

기리와 하찌, 간단한 이별 의식을 치르고 헤어진다.

3장

기리네 집.
기리가 엄마, 아빠 앞에서 재롱부리고 있다.

기리 부리부리 울퉁불퉁 꺼칠꺼칠

이렇게 생긴 네가 좋아

기리 친구 하찌가 좋아

아기자기 올망졸망 매끈매끈

요렇게 생긴 네가 좋아

하찌 친구 기리가 좋아

아빠 우리 기리가 요즘 기분이 아주 좋네.

엄마 친구가 좋긴 좋은가 봐요.

아빠 그런데 이사는 어떻게 하죠?

엄마 그러게요. 이사는 절대 안 가겠다고 하니.

아빠 사람도 아니고 동물이라니. 친구라 하기도 그렇고 아니라 하기도 그렇고.

엄마 조금만 더 기다려 보자고요. 진짜 친구인지 아닌지 곧 판가름 날 거예요.

기리 부리부리 울퉁불퉁 꺼칠꺼칠

이렇게 생긴 네가 좋아

기리 친구 하찌가 좋아

함께 아기자기 올망졸망 매끈매끈

요렇게 생긴 네가 좋아

하찌 친구(우리 아들) 기리가 좋아

못생겨도 좋아

아무렇게 생겨도 좋아

나는 네 친구

너는 내 친구

우리는 좋은 친구

아빠 어느새 나도 노래를 외웠네. 하하하.

엄마 그러게요. 저도요. 호호호.

4장

기리네 집 뒷산과 산맥.

뒷산에 불이 붙는다.

불은 산맥을 타고 점점 옮아 붙는다.

온 산맥이 화염에 휩싸인다.

소방 헬기들이 화재를 진압하기 위해 비행하고 있다.

5장

불타는 숲 아래 기리네 집 마당.

엄마, 발을 동동 구르며 외치고 있다.

엄마 불, 불, 산불. 뒷산에 불, 불이 났어요. 기리야! 기리, 기리는 어디 있지. 산에… 산에 갔을 텐데. 기리야. 기리야. 산에 갔으면 어떻게 해. 우리 기리 산에 있으면 어떻게 해. 기리야! 기리야!

아빠, 놀래서 달려온다.

아빠 기리, 기리는 아직도 안 왔어?

엄마 우리 기리 어떻게 해요. 빨리 기리 찾아와요.

아빠 소방관들이 올라갔으니까. 아무 일 없을 거예요. 무사히 돌아올 거예요.

엄마 우리 기리 잘 못되면 나 못 살아요. 못 살아요. 우리 기리 찾아와요. 불붙은 지가 언젠데 아직도 못 찾아오느냐고요.

아빠 이럴 때 일수록 차분해져야 돼요. 저기, 그러니까, 아… 내가, 그러니까, 내가 다시 찾아보러 가야겠죠? 찾아봐야지, 내가? 그럼, 그러니까, 내가 갔다가 올게요.

아빠, 산에 올라가려 할 때 기리, 옷이 연기에 그을린 채 산에서 내려온다.

아빠 기리야!

엄마 아, 기리야! 기리야!

엄마, 기리를 부둥켜안고 울다가 이내 엉덩이를 때린다.

엄마 이놈의 자식! 이놈의 자식!
기리 아앙! 아앙!

6장

기리네 집.

엄마 숲에 가지 말랬지. 조심하랬지. 너 잘못 되는 줄 알았잖아.
아빠 그만해요. 무사히 돌아왔잖아요.
엄마 놀랐지? 우리 기리 많이 놀랐지? 괜찮아. 이제 괜찮아. 돌아와 줘서 고마워. 고마워.
기리 으앙!
엄마 괜찮아. 이제부터 엄마, 아빠가 잘 지켜줄게. 기리 혼자 내버려 두지 않을게.
기리 흑흑… 하찌, 하찌가 사라졌어요. 없어졌어요. 아무리 불러도 안 나타나요. 안 돌아와요.
아빠 해치는… 본래 없다니까. 없었다니까. 네가 헛것을 본 거라니까.
기리 아니에요. 하찌는 있어요. 내 친구란 말이에요. 우리는 친구란 말이에요. 매일 함께 놀았단 말이에요.

아빠	진짜 있었으면… 타 죽었겠….
엄마	여보!
기리	불에 쫓겨 떠나갔어요. 이제 어떻게 만나요? 언제 만나요?
아빠	이젠 기대하지 않는 게 좋을 걸. 다시 만나기 어려울 걸.
엄마	여보!
기리	흑흑흑….
아빠	기리도 곧 철들 나인데. 알 건 알아야죠.
엄마	다시 돌아올 거야. 아무 염려하지 마.
기리	언제요? 언제요?
엄마	다시 숲이 생기면. 숲이 우거지면. 꼭 돌아올 거야. 다시.
아빠	네가 어른이 되면. 더 이상 해치 같은 친구는 필요 없을 때 쯤 되면.
엄마	야! 너 자꾸 이럴래?
아빠	야? 너?
기리	숲이 생기면? 숲이 우거지면? 그럼 꼭 다시 오는 거죠?
엄마	그럼. 꼭 돌아오고말고.
기리	그럼, 기다릴 거예요. 하찌가 돌아올 때까지 매일 기다릴 거예요.
아빠	저 봐라. 저 봐! 큰 일 났다, 이제. 매일 기다린단다.
엄마	아이고, 새까맣게 된 거 봐. 어서 씻고 옷 갈아입자. 아니 다. 배고프지? 밥부터 먹을까?
아빠	응. 기리 찾아 이산 저산 뛰어다녔더니 무척 배고프네.
엄마	어휴! 어휴!

아빠 좋잖아요. 기리 무사히 돌아와서. 그나저나 웬 산불이래.
누가 불장난이라도 했나? 숲이 너무 우거져도 자연히 불
이 붙는다는데. 쯧쯧. 그 큰 산이 다 불타버렸으니 어쩐다!
언제 다시 푸르른 숲을 이루려나! 모르겠다. 빨리 이사나
가야되겠다.

2막

화마가 휩쓸고 간 시커먼 숲.

어느 정도 나무가 심어져 있다.

기리, 나무를 심고 있다. 엄마, 아빠도 곁에서 나무를 심고 있다.

아빠   이렇게 심어서 언제 숲이 될까?

엄마   우리만 심어요? 꾀부리지 말고 열심히 좀 해요.

기리   아버지는 꾀쟁이.

엄마   그렇기는 한데. 이분이 네 아빠라는 게 문제란다. 넌 아빠
         닮지 마라!

기리   네. 엄마 닮을게요.

아빠   아휴, 얼마나 잔소리꾼이 되려고.

엄마   뭐라고요.

기리   헤헤헤.

기리는 싸움을 말리겠다고 하찌와 함께 불렀던 노래를 부른다.

엄마, 아빠도 함께 부른다.

기리   부리부리 울퉁불퉁 꺼칠꺼칠

이렇게 생긴 네가 좋아

기리 친구 하찌가 좋아

함께   아기자기 올망졸망 매끈매끈

요렇게 생긴 네가 좋아

하찌 친구(우리 아들) 기리가 좋아

못생겨도 좋아

아무렇게 생겨도 좋아

나는 네 친구

너는 내 친구

우리는 좋은 친구

노래하는 사이, 새들이 날아든다.

기리   엄마, 새가 왔어요.

엄마   나무에 꽃이 피고 열매가 생기고 씨가 떨어지니까 새들이

돌아오네.

기리   하찌도 곧 돌아오겠죠?

아빠   하찌는 안….

엄마   그럼. 곧 돌아올 거야.

기리와 엄마 아빠, 함께 노래한다.

엄마	풀 한 포기 심으면 무엇이 돌아올까
아빠	메뚜기가 돌아오지
기리	하찌는 언제 돌아올까
엄마	꽃 한 송이 피어나면 무엇이 돌아올까
아빠	호랑나비 돌아오지
기리	하찌는 언제 돌아올까
엄마	떡갈나무 심으면 무엇이 돌아올까
아빠	다람쥐가 돌아오지
기리	하찌는 언제 돌아올까
엄마	다람쥐가 돌아오면 무엇이 돌아올까
아빠	오소리가 돌아오지
기리	하찌는 언제 돌아올까
엄마	오소리가 돌아오면 무엇이 돌아올까
아빠	호랑이가 돌아오지
기리	하찌는 언제 돌아올까
엄마	호랑이가 돌아오면 무엇이 돌아올까
아빠	호랑이가 돌아오면
기리	하찌가 돌아올까
엄마	하찌도 돌아오겠지
아빠	또 그놈의 하찌, 하찌 하찌 하찌
기리	하찌는 돌아올 거야
	꼭 돌아올 거야

3막

1장

기리네 집.
아내와 딸이 중년이 된 기리와 이야기 나누고 있다.
기리의 덩치는 딸보다도 작다.

딸   아빠, 우리 그만 도시로 이사 가요. 나 산골 소녀 되기 싫
     단 말이에요.

아내 그래요. 애 소원 좀 들어줍시다.

기리 나는 여기 남을 테니까 두 사람은 도시로 가라니까요.

아내 할 말 없으면 그 소리.

딸   나무도 심을 만큼 심었잖아요. 내가 우리 학교 나무심기
     대장이 됐단 말이에요. 자랑스럽지도 않은 나무심기 대장.

아내 하찌가 올 거면 벌써 왔지요. 지금 숲에는 열목어 쉬리 딱
     따구리 부엉이 날다람쥐 노루 사슴 산양 멧돼지 곰, 안 돌
     아온 게 없다니까요. 조금 있으면 호랑이도 돌아올 거래
     요. 딸 보기 부끄럽지 않아요. 그 나이 먹도록 어릴 적 동
     물 친구 타령이나 하고.

기리 하찌랑 약속했다니까요. 꼭 만나기로. 기다려야 한다니까요.

아내	약속, 약속. 그게 도대체 언제 적 약속이냐고요. 있지도 않은 하찌와 춤을 추었다고 하지를 않나, 밥을 나눠먹었다고 하지를 않나. 내가 아들을 키워요, 아들을. 그것도 말도 지겹게 안 듣는 반항아.
딸	아휴, 나는 동생을 키운다니까. 누나 마음을 하나도 몰라주는 동생.
아내	야, 그건 아니지. 그건 너무하지. 아빠한테.
딸	엄마 아들이면 내 동생 될 수 있거든. 맞거든.
기리	이사 가고 싶으면 가요. 언제든지.

기리, 집을 나선다.

아내	저거 봐. 또 저런다. 딸, 이번에 정말 우리끼리 확 이사 가 버릴까?
딸	찬성! 대찬성!
아내	어휴, 이런 걸 딸이라고. 너희 아빠도 참 불쌍하다.
딸	뭐야? 엄마는 왜 또 이랬다저랬다 하는데?
아내	몰라. 해친지 하찐지 빨리 돌아오게 해달라고 기도나 해. 이사 가고 싶으면.
딸	하느님이 하찌부터 먼저 창조하셔야지. 없는 게 갑자기 어디서 기어 나오냐고.
아내	몰라. 나도 몰라.
딸	엄마가 모르면 누가 알아.

아내	엄마는 뭐 다 알아야 돼? 모르는 거 있으면 안 돼?
딸	당연하지. 엄만데.
아내	아이고, 엄마 살려!

아내, 도망치듯 집을 나선다.

| 딸 | 하찌, 하찌, 하찌. 도대체 하찌가 뭐냐고요? 누구냐고요? |

2장

기리네 집 뒷산.
산은 제법 울창한 숲의 모습을 갖췄다.
기리 혼자 노래하며 춤을 춘다.

기리	부리부리 울퉁불퉁 꺼칠꺼칠
	이렇게 생긴 네가 좋아
	기리 친구 하찌가 좋아
	아기자기 올망졸망 매끈매끈
	요렇게 생긴 네가 좋아
	하찌 친구 기리가 좋아

못생겨도 좋아
아무렇게 생겨도 좋아
나는 네 친구
너는 내 친구
우리는 좋은 친구

노래하는 사이에 부엉이, 사슴, 곰이 기리를 지켜보다 지나
간다.

기리 하찌야. 잘 지내고 있니? 난 늘 널 기다리고 있어. 오늘도
이렇게 왔다 간다. 너도 올 거지? 꼭 올 거지? 보고 싶다,
하찌. 보고 싶어, 하찌!

4막

기리네 집.

어느새 할아버지가 된 기리.

소파에 기대고 앉아 외손자인 투투와 이야기 나누고 있다.

투투도 할아버지 덩치만큼이나 성장해 있다.

투투   할아버지는 친구 없었어요? 왜 만날 숲에만 갔어요?

기리   친구가 숲에 살았으니까.

투투   하찌라는 친구 말고는 다른 친구는 없었어요?

기리   응. 없었어. 하찌 말고는.

투투   심심했겠다.

기리   심심하긴. 얼마나 재미있었는데.

투투   할아버지. 엄마가 이건 할아버지에게 말하면 안 된다고
          하셨는데.

기리   할아버지는 헛것을 본단다. 그 얘기? 괜찮아.

투투   진짜 봤어요, 하찌? 진짜 있어요?

기리   그럼, 매일 같이 놀았는걸. 우린 친구거든.

투투   어떻게 생겼어요? 눈은 커요. 귀는요? 이빨은 몇 개나 있
          어요? 털은 많아요? 길어요? 무슨 색이에요?

기리 천천히. 하나씩 물어봐야 대답하지.

투투 뿔도 있어요? 몇 개에요?

기리 뿔? 한 개.

투투 그럼, 코뿔소네.

기리 아니.

투투 키는 얼마나 커요?

기리 우리 투투만큼 크지.

투투 크네. 말도 해요?

기리 음… 안 해. 아니 말해.

투투 동물이 말을 한다고요?

기리 아니… 그렇지만 할아버지는 들을 수 있거든.

투투 이것 봐. 할아버지 거짓말하고 있잖아요. 동물하고 어떻게 말을 해요.

기리 못 믿으면 할 수 없고. 다들 나보고 헛소리네, 거짓말쟁이네 놀려대니까.

투투 아무리 기다려도 안 오잖아요. 내가 얼마나 기다렸는데.

기리 얼마를 기다렸을까? 우리 투투는?

투투 여섯 달, 아니 일곱 달.

기리 아이고, 오래 기다렸네.

투투 할아버지는요? 얼마나 기다리셨어요?

기리 할아버지는… 70년.

투투 70년이면 얼마나 긴 거예요?

기리 아주 길지.

투투　밥을 얼마나 먹어야 되는 거예요?

기리　우리 투투 하루에 몇 끼를 먹나요?

투투　아침, 점심, 저녁. 간식도 먹어요.

기리　간식은…. 빼고. 하루 세끼니까, 3. 일 년은 365일이니까, 3 곱하기 365. 거기에 70년이니까, 70. 이걸 다 곱하면? 얼마더라. 얼마가 되더라.

투투　그걸 언제 다 먹어요? 배 터지겠다.

기리　그렇게 한 끼 한 끼 잘 먹어야 할아버지가 되는 거야. 네가 나처럼 할아버지가 되면 그게 70년이야.

투투　그럼 평생을 기다린 거예요? 하찌를?

기리　그게 그렇게 됐구나.

투투　내가 할아버지 될 때까지 안 온 거면 아주 못 오는 거잖아요. 늙어 죽었겠다. 아, 죄송해요, 할아버지.

기리　아직 할아버지는 이렇게 살아 있잖니.

투투　잘 걸어야 오죠. 잘 뛰어야 오죠. 할아버지처럼 걷지도 못하면 어떻게 와요. 오다 쓰러져요. 그러다 죽어요. 아, 죄송해요.

기리　그럴까? 못 올까?

투투　당연하죠. 못 오죠, 할아버지. 그런데 이거 거짓말이죠? 다 지어낸 얘기죠?

기리　그런가? 내가 정말 헛것을 보았나? 이젠 나도 헛갈리네. 그게 꿈이었는지 생시였는지. 생시가 아니면 어때. 꿈에서라도 보면 되지. 꿈결에라도 만나면 되지. 하찌야. 내 친구

하찌. 우리 꿈에서라도 만나볼까. 꿈결에라도 와 줄래? 꼭
와줄 거지?

기리, 잠이 든다.

투투 이러니까 다들 할아버지를 거짓말쟁이라고 부르지. 할아
버지는 진짜, 진짜 거짓말쟁이라니까. 그렇죠, 할아버지?
할아버지? 할아버지! 할아버지!

투투, 할아버지를 흔들어 깨워보지만 기리는 아무 반응을 하지
않는다.

투투 할아버지! 할아버지! 엄마! 엄마! 할아버지가 이상해! 할
아버지가 이상해!

기리의 딸, 즉 투투 엄마가 집안으로 뛰어들어온다.

딸 아버지! 아버지! 흑흑흑….
투투 할아버지! 할아버지! 으앙!

5막

1장

투투의 집.

딸과 사위, 이사 준비를 하고 있다.

딸   드디어 정든 집 떠나가네. 이사 간다 간다 하면서 참 오래
       도 살았다.

사위 당신 괜찮겠어요? 당신 태어난 집인데.

딸   어쩌겠어요. 우리 투투를 위해 결정한 이산데.

사위 나도 아쉽긴 아쉽다. 우리가 열심히 심고 가꾼 숲을 두고
       떠나려니까.

딸   자주 찾아오면 되죠.

사위 이사 가면 어디 그래요. 살기 바쁘면 멀어지고, 멀어지다
       보면 잊히는 거죠.

딸   그래도 아빠 보고 싶을 때면 와야죠.

사위 숲에 뿌려드렸으니 제삿날이야 당연히 찾아뵈어야죠.

딸   아빠는 정말 하찌를 만났던 걸까요? 정말 함께 놀았을까요?

사위 아버님이 말씀하시는 하찌가 바로 해치라면서요. 해치는
       상상 속에나 있는 동물이잖아요. 아마도 친구가 너무 필

요해서 그런 착각을 했었을 거예요. 아마도 그런 꿈으로 친구 하나 없는 외로운 인생을 버티셨는지 몰라요.

딸 그럴까요. 하찌는 친구가 절실한 사람에게나 나타나는 환상이었을까요? 한 평생 하찌를 기다리다 가신 아빠가 너무 불쌍해요. 헛소리다 거짓말쟁이다 평생 조롱이나 당하시고.

사위 그러게요. 맞장구라도 쳐드리고 했어야 했는데. 지금에서야 후회되네요.

딸 우리, 아빠 보러 자주 와요.

사위 그럽시다. 그래야지요.

딸 그런데 투투는 어디 갔죠? 자기 짐은 스스로 챙기라니까.

사위 할아버지랑 놀던 숲에 간 것 같아요. 할아버지한테 작별 인사라도 하려나 보죠.

딸 그나마 투투가 할아버지랑 잘 놀아줘서 다행이었어요.

사위 그러고 보면 투투도 기특한 데가 있어요. 효자예요.

딸 우리 아들 예쁘죠? 믿을 만하죠?

사위 그럼요. 누구 자식인데. 하하하.

딸 <u>호호호.</u>

2장

숲 속.

투투가 숲을 둘러보고 있다.

투투 할아버지. 우리 내일 이사 가요. 죄송하지만 도시에 가서 살아야 될 거 같아요. 여기는 친구도 별로 없고 공부할 것도 별로 없어요. 이사 가도 할아버지 보러 자주 올게요. 너무 외로워하지 마세요. 그리고 이젠 하찌 기다리지 말고 푹 주무세요. 하늘나라에서는 헛소리꾼, 거짓말쟁이 소리 듣지 마세요. 아셨죠? 할아버지, 그럼 저 가요. 저 가요.

투투가 돌아서서 산을 내려가려고 할 때 이상하게 생긴 동물 한 마리가 투투 앞에 나타난다.

투투 어! 너! 너? 너! 그래, 하찌. 하찌! 아니라고? 너, 너 지금 나한테 말했니? 말했지? 아니라고 말했잖아? 나는 들은 거 같은데. 네 말이 들렸는데. 너 정말 하찌 아냐? 아니라고? 이거 봐 들리잖아. 들려 네 마음. 너 우리 할아버지가 말씀하시던 하찌랑 꼭 닮았다. 너 혹시 우리 할아버지 아니? 알아? 어떻게 알아? 봤어? 못 봤는데 어떻게 우리 할아버지를 알아? 뭐라고? 하찌가 너희 할아버지라고? 정말? 너 그럼 혹시 이 노래도 알아?

부리부리 울퉁불퉁 꺼칠꺼칠
이렇게 생긴 네가 좋아

기리 친구 하찌가 좋아

아기자기 올망졸망 매끈매끈
요렇게 생긴 네가 좋아
하찌 친구 기리가 좋아

못생겨도 좋아
아무렇게 생겨도 좋아
나는 네 친구
너는 내 친구
우리는 좋은 친구

하찌 할아버지가 가르쳐 줬구나. 할아버지한테 배웠어. 와, 우리 할아버지 헛소리꾼 아니었네. 거짓말쟁이 아니었어! 하찌가 정말 할아버지 친구였네. 할아버지 친구였어. 할아버지, 못 믿어서 미안해요. 할아버지 거짓말쟁이라고 놀려서 죄송해요. 야, 우리 할아버지가 얼마나 기다렸는데. 조금만 일찍 오지. 조금만 서둘러 오지. 우리 할아버지 돌아가셨거든. 그래서 우리 내일 이사가. 뭐? 하찌 할아버지도 돌아가셨어? 언제? 어, 우리 할아버지도 그때 돌아가셨는데. 신기하다. 그럼, 잘 가. 뭐? 갈 데 없다고? 친구 되어 달라고? 어, 나 이사 가는데. 네 할아버지가 우리 할아버지 친구 되어줬으니까 나도 네 친구 해달라고? 어, 나 아니면 안 돼? 정말 친구 없어? 그렇구나. 이사는 어떻게 하지. 가지 말라고? 알았어. 내가 친구가 되어줄게. 그럼 지금부터 우리는 친구다, 할아버지들처럼. 반가워. 나는 투투야. 너는⋯ 하찌? 너도 하찌라고 부르라고? 좋아. 너는 하찌, 나는 투투. 합치면 하투찌투. 하투찌투. 잠깐. 너 어디 가지 말고 여기서 기다려. 나 금방 집에 갔다 올게. 이사 취소해야 하거든. 약속! 어디 가기 없다. 꼼짝 말고 여기 있다. 저기, 혹시 산불이라도 나면 산 속으로 도망가지 말고 우리 집으로 달려와. 이 산 아래 있거든. 알았지. 아니다. 지금 나 따라 갈래? 싫어? 우리 집은 저 아래야. 알았지? 잊지 마. 저 아래로 달려오면 돼. 잠깐만 기다려. 나 금방 다시 올 거야. 기다려 친구. 기다려 하찌!

투투, 숲길을 달려 내려온다.

투투 엄마! 아빠! 나 이사 안 갈래요. 나 이사 안 갈 거예요! 엄마! 아빠! 우리 이사 가지 말아요. 하찌가 돌아왔어요. 하찌가 돌아왔다고요! 70년 만에 할아버지 친구 하찌, 아니 아니, 내 친구 하찌가 돌아왔어요.

부리부리 울퉁불퉁 꺼칠꺼칠
이렇게 생긴 네가 좋아
투투 친구 하찌가 좋아

아기자기 올망졸망 매끈매끈

요롱게 생긴 네가 좋아

하찌 친구 투투가 좋아

못생겨도 좋아

아무렇게 생겨도 좋아

나는 네 친구

너는 내 친구

우리는 좋은 친구

투투, 노래하며 달려내려 올 때, 서서히 막 내린다.

– 막 –

이상범 희곡집 3

초판 1쇄 인쇄일   2022년 11월 15일
초판 1쇄 발행일   2022년 11월 21일

지 은 이   이상범
만 든 이   이정옥
만 든 곳   평민사
　　　　　서울시 은평구 수색로 340 〈202호〉
　　　　　전화 : 02) 375-8571
　　　　　팩스 : 02) 375-8573
　　　　　http://blog.naver.com/pyung1976
　　　　　이메일   pyung1976@naver.com
등록번호   25100-2015-000102호
ISBN   978-89-7115-077-1   03800
정　　가   16,000원

이 책은 제작비의 일부를 2022년 시흥시 문화예술지원사업 기금 지원을 받아 출간되었습니다.